Quartiers Sud

BÉRENGÈRE DE MONTALIER
Quartiers Sud

EQUINOX
les arènes

Le mistral frotte la surface de la mer. Des vagues blanches s'agitent. Chaque nouvelle rafale emmêle mes cheveux et me pousse vers l'avant. De temps en temps Maman renifle, sa bouche se tord et une larme coule sur sa joue. Jacques fume un cigare en regardant le bulldozer orange manœuvrer devant le cabanon.

Le *bip-bip* de l'alarme de recul retentit. Je plisse les yeux et enfonce les poings dans les poches de mon trench. Mes orteils nus collent à la semelle en cuir de mes boots.

– Qu'est-ce que tu t'imaginais, dit mon oncle en recrachant la fumée vers le visage de Maman, que t'allais pouvoir transformer cette verrue en spa ? Creuser la roche, installer l'eau, l'électricité, le wi-fi ? Mais enfin, Viviane. Sois réaliste. Depuis le temps qu'à la mairie ils voulaient le bazarder, ce cabanon…

– Arrête de me prendre pour une idiote, elle lui dit, dissipant d'un revers de main la fumée devant ses yeux. Je me suis renseignée. C'est toi qui leur as demandé de venir, Jacques.

Le bras articulé de l'engin se déploie.

Maman pose les mains sur son crâne et hurle :

– Non !

La machine s'immobilise. Le conducteur se retourne, lance un regard interrogateur dans notre direction. Jacques tire Maman par le bras et lui ordonne de la fermer.

– Qu'est-ce qui te prend, d'un coup ? il dit tout en faisant un grand geste d'approbation au type des services techniques.

Le bras de fer se ranime.

– Pourquoi, elle dit, pourquoi ça ?

Jacques l'interrompt :

– Tu vas t'arrêter, nom de Dieu ? Combien de fois je vais devoir te le répéter ? J'ai besoin d'espace pour construire ma terrasse. Je suis sur le point d'obtenir une étoile supplémentaire, Viviane…

La pelle mécanique s'incline vers la toiture et arrache la poutre principale. Dans un bruit d'enfer, les murs cèdent. Une poussière de plâtre se répand dans l'air. Maman est prise d'une quinte de toux, et ce qui reste de la petite maison blanc et bleu de Papi s'écroule.

Jacques détourne les yeux vers la mer puis porte à nouveau son cigare à ses lèvres.

– Ça aura de la gueule, tu verras.

Le vent et la mer grondent. Jacques avance de quelques pas en direction des rochers. Mon oncle, cheveux noirs hirsutes, vêtu d'un costume croisé anthracite, tire sur son cigare en regardant l'écume laiteuse se jeter contre la paroi calcaire.

Maman tape du pied, se redresse de tout son corps et, le rejoignant, elle siffle entre ses dents :

– Salaud !

Maintenant qu'elle se tient de nouveau près de lui, Maman, menton relevé, poitrine bombée, tente de le gifler.

Arrêtant son geste au vol, Jacques la saisit par le poignet. Elle secoue fort son bras entravé et s'écrie :

– Je veux récupérer mon fric, l'équivalent de la valeur du cabanon !

Jacques la relâche.

– Très bien.

– Je veux la totalité de ma part, et maintenant, elle lui dit d'une traite. Les temps sont durs, au cas où tu l'ignorerais, dans ton petit étoilé de merde. Je ne roule pas en BM, moi, je n'ai pas les moyens de partir à Pattaya tous les six mois me faire servir et masser par des éphèbes.

Puis elle hurle :

– Qu'est-ce que tu crois ! Ce n'est pas avec les sommes misérables que tu verses à Paul qu'on va être quittes. J'ai hérité de cet endroit autant que toi. Je vais t'attaquer en justice, Jacques.

– M'attaquer… Comme tu y vas, ma chérie, il dit en faisant deux pas en arrière.

Maman avance vers lui, le regard plein de défi.

– Tu crois franchement que les Affaires maritimes vont te laisser bâtir cette terrasse sur un espace protégé ? Ce n'est pas parce que tu nourris à l'œil la moitié de la mairie dans ton putain d'hôtel que tu es au-dessus des lois, Jacques.

Mon oncle lève la main par-dessus la tête de Maman, et à son tour il hurle :

– Et toi, Viviane ? Avec ton petit manteau rouge, ta robe léopard, tes seins qui débordent et ton cul énorme... Ta chevelure ! Tu te crois invincible ?

Un goéland passe tout près, dans un cri.

Jacques dévisage Maman. Il prend une voix grave :

– Tu n'es plus toute jeune, Viviane. Et vu ces médocs que tu t'enfiles depuis tant d'années, je ne voudrais pas te vexer mais ça risque d'être compliqué, mon chou. Laisse tomber. Ça vaut mieux pour toi. Ce genre de choses n'est plus de ton âge.

Puis il fait une pause et ajoute, moqueur :

– « Préservation du paysage marin », tu me fais bien rire. Tu donnes dans l'écologie, maintenant ? Ça fait dix ans que ton con de mari vide les fonds de cette putain de réserve naturelle, et toi tu me fais la morale ? Ne me regarde pas comme ça, avec ce faux air ahuri. Comme si tu l'ignorais.

– C'est vrai qu'exploiter en cuisine des clandestins, lui répond aussitôt Maman très énervée, obliger Paul à braconner pour faire briller ta carte-menu à moindres frais, ça c'est ambitieux, comme projet... Ça fait sans doute de toi un grand homme, Jacques.

Porté par le vent, le goéland vient se poser à la lisière du tas de gravats, sur l'un des morceaux de la poutre brisée en son milieu. Un instant passe où le vent souffle encore plus fort.

Maintenant Jacques a l'air vraiment à bout. Planté dans la roche les deux pieds écartés, il lève les bras au ciel et balance de sa voix puissante :

– Faire chier. Ça a toujours été une seconde nature, chez toi. Il n'y a bien que Paul pour te supporter. Joue pas à la conne, Viviane. Je connais pas mal de mecs qui n'apprécient guère qu'une bonne femme hystérique marche sur leurs plates-bandes. Des mecs de Bagatelle pleins aux as, qui n'attendent que ça, crucifier une connasse ambitieuse qui se serait mis en tête de leur gâcher leur petite soirée VIP et leur coucher de soleil sur la mer en buvant du Ruinart. Ton banquier raffole de mes pâtes aux langoustes, je ne te l'ai pas encore raconté ? Il mange ici pratiquement toutes les semaines. Tente quoi que ce soit contre moi et je saurai quoi lui dire, fais-moi confiance…

Le goéland déploie ses grandes ailes blanches aux extrémités noires et pousse sur ses pattes, Maman s'effondre en pleurs sur la plateforme rocheuse défoncée.

La salle principale du restaurant jouit d'un magnifique panorama sur les îlots rocheux.

Maman renifle, installée à l'une des tables déjà dressées, manteau rouge sur les épaules, bras et jambes croisés. Ses genoux frôlent la nappe blanche, aux verres ballons et aux serviettes pliées en accordéon. Ses yeux sont humides, son regard plonge dans le vide.

Juste à côté, dans la partie bar tapissée de photos de soirées, debout derrière le comptoir, Jacques se sert un pastis. Le bruit des glaçons et du liquide versé dans le verre de cristal résonne dans la pièce.

Je vais m'asseoir sur le rebord de la baie vitrée. Maman s'allume une cigarette, Jacques vide d'une seule gorgée son verre, et soudain, dans l'encadrement de la porte, Papa apparaît. En ciré de plastique jaune et bonnet marin plein d'algues, il porte à bout de bras deux caisses remplies de langoustes entassées les unes sur les autres.

Immédiatement, Jacques se jette sur lui et dégaine une liasse de billets froissés qu'il lui refile en échange de sa pêche du matin.

Un des cuisiniers, un type au fort accent, l'économe à la main et une carotte dans l'autre, débarque en demandant s'il peut aider Papa à ranger les bestioles au frigo.

Papa l'envoie balader :

– Retourne à tes pois chiches.

Il lui dit ça en le regardant avec mépris.

Le mec fait volte-face, sans la moindre expression sur le visage. Papa dépose les caisses par terre puis, un long moment après avoir fixé, les yeux grands ouverts, le tas de billets au creux de sa main épaisse et large, il enfourne l'argent dans la poche arrière de son jean dégueulasse.

Jacques récupère les caisses et marche vers la porte de service, direction les cuisines. Papa lui emboîte le pas en marmonnant dans sa barbe :

– Connard d'Arabe.

Maman se lève de sa chaise et s'écrie :

– Julia, on y va, ça suffit !

À présent debout devant la Cooper, rimmel noir coulant sur ses joues, Maman trépigne dans son manteau rouge.

J'ai envie de poser ma main sur son visage, de me blottir dans ses bras, mais son regard me dit « Non, Julia, ne fais surtout pas ça, je t'en prie ».

Elle monte dans la voiture. Je m'assois au volant et démarre. Je mets le clignotant, attends que la chaussée se dégage et me faufile dans le trafic.

Elle me dit :

– Tu me déposes à la boutique et tu files à la fac. Direct, tu m'entends ? Pas question que tu rates encore un cours.

Aussitôt après, elle reçoit un message sur son téléphone et se met à pester : « Salaud. » Puis elle avale le comprimé qu'elle sort de son sac à main et s'allume une Marlboro Light. Elle tire coup sur coup deux trois taffes. Le bout rouge de la cigarette se consume. Bientôt l'habitacle ressemble à un bocal enfumé.

Les yeux me piquent, Maman est ailleurs, loin

dans ses pensées. J'accélère. Les pneus crissent et, instantanément, j'imagine la future terrasse que Jacques envisage de réaliser.

En passant la quatrième devant les nouveaux bars branchés qui depuis quelque temps fleurissent les uns après les autres sur la Corniche, je n'en peux plus, ça me brûle la gorge. Je descends la vitre avant côté passager. Maman jette par la fenêtre le restant de sa cigarette.

À deux mètres d'un feu régulant la circulation, derrière des barrières blanches et rouges, deux ouvriers au front dégoulinant de sueur percent le bitume à l'aide de marteaux piqueurs. Des plaques de goudron se chevauchent. Un peu plus loin derrière un Algeco, sur le promontoire faisant face à la mer, se dresse, couvert d'échafaudages, le monument aux morts en mémoire de l'Armée d'Orient et des terres lointaines. La gigantesque porte encadrée par deux figures féminines aux ailes massives résiste, au milieu des dalles de béton entassées les unes sur les autres que soulèvent des Arabes portant tenues et casquettes de travail tachées de peinture.

Quand le feu passe enfin à l'orange, cheveux dans le vent, je songe à tous ces garçons et ces filles de mon âge qui, au coucher du soleil sur la terrasse lumineuse, ne pensant à rien, boiront des cocktails en riant, et j'ai soudain un très fort désir d'être parmi eux, j'en ai terriblement envie.

Une demi-heure plus tard, la mer est loin derrière nous. Je guide la voiture entre les deux blocs d'une résidence de quatre étages et dépose Maman devant son institut de beauté, au rez-de-chaussée de l'un des bâtiments rose saumon. *Eden Institut*: les lettres fuchsia clignotent sur le fond noir de la devanture. Je me gare en double file et actionne les warnings. Maman descend en trombe, hurlant que le store penche trop à droite. Elle claque la portière avant de la Cooper et se plante devant une petite brune en blouse trois quarts et escarpins dorés assise sur le rebord de la vitrine, qui papote dans son portable. La fille la regarde, boit une dernière gorgée de café, tire sur sa cigarette avant de raccrocher, de ses doigts manucurés aux ongles rouges luisants. Elle se lève, s'approche de Maman, et d'un air désabusé lui dit:

– Vous allez bien ?

En guise de réponse, les mains posées sur les hanches, Maman l'accable de reproches d'une voix hautaine.

– Maryline, ne déroulez pas le store lorsqu'il y a du vent. Dépêchez-vous, rentrez. Pourquoi croyez-vous que je vous paie ?

Dès que Maman m'a adressé son petit signe de la main en guise d'au revoir puis qu'elle a refermé la porte de la boutique, je me jette sur mon téléphone et appelle Alex pour savoir s'il peut me dépanner d'un peu d'herbe. Je file à la fac.

PREMIÈRE PARTIE

Il ne doit pas être loin de huit heures. La lumière du jour pointe son nez. Au bord de la table de la cuisine est posée, à côté d'une pile de courrier, une lettre recommandée adressée au nom de « Madame Viviane Carlotti, Société Eden Institut ». L'enveloppe, expédiée par un cabinet d'huissiers, a déjà été décachetée. J'hésite un instant à y jeter un œil, puis finalement me fais un café que j'allonge d'eau chaude du robinet avant de repartir aussitôt dans ma chambre avec la tasse.

Par les jointures de la fenêtre, le mistral glacial s'infiltre aux quatre coins de la pièce. Je pose la tasse sur l'une des piles de polycopiés qui encombrent mon bureau et ouvre un des tiroirs de rangement sous mon sommier. Je soulève la planche de contreplaqué, récupère le sachet en papier kraft et m'assois en tailleur sur la couette froissée.

Je mélange au tabac d'une Vogue mentholée cette herbe que m'a refourguée Alex. Je tire sur le joint et rigole toute seule. Tête calée contre l'oreiller, j'attrape d'une main le magazine posé au pied du lit. À la rubrique people, où s'étalent en petites vignettes collées les unes à côté des autres les photos de l'inauguration de « la toute nouvelle terrasse du Bistrot de la Corniche », apparaissent des jeunes mecs plaisantant avec des filles habillées comme des mannequins, entre deux fauteuils design. Les pupilles dilatées, ils s'enlacent et échangent des coupes de champagne devant une vue à cent quatre-vingt degrés sur l'eau bleue de la Méditerranée. Ce pétard infect entre les lèvres finit par me donner la nausée. J'entends Maman qui s'agite au salon et crie des mots incompréhensibles. Je l'imagine, chiffon à la main, s'excitant à frotter sa table en plexi.

À l'extérieur, les rafales de mistral s'intensifient. J'écrase le mégot dans le cendrier marocain de ma table de nuit, laisse tomber le magazine sur l'édredon, me lève et récupère au milieu de mes vêtements et des emballages vides un hors-série sur l'architecture californienne. Le joint commence à faire effet. Sailor et Lula, enlacés sur la tapisserie rose, me narguent du regard. Debout, pieds nus sur la moquette, devant l'affiche de cinéma XXL, j'imagine que j'y suis. Sur cette putain de terrasse. Vêtue d'une robe en mousseline dont les plis délicats dansent au gré d'une brise légère. Les doigts de Gatien enlacés aux miens, je suis debout sur le balcon, heureuse comme un oiseau, avec cette vue incroyable sur la baie de Marseille. Je souris.

Je range mon sac, vérifie mes livres, mes

classeurs, puis place entre deux feuilles le sachet contenant l'herbe. Je calcule combien je pourrais mettre de côté chaque mois si j'en vendais le double voire le triple, puis, vite fatiguée par cette série d'opérations ennuyeuses, j'abandonne. Après avoir pris une douche, j'arrange d'un revers de main les boucles de ma chevelure auburn de façon qu'elle retombe élégamment sur mes épaules. Je souligne mes yeux verts d'un trait d'eyeliner et peins mes ongles d'un vernis rouge carmin. Tout en me scrutant dans le miroir, je me demande s'il ne serait pas judicieux ce soir de porter un jean plutôt qu'une jupe. Mes fesses sont énormes. J'enfile un ensemble de dessous en dentelles, une paire de collants, mon slim noir, et ce joli chemisier fleuri que j'ai acheté hier rue Paradis.

Le mistral continue à souffler. Je récupère deux billets de cinquante cachés eux aussi dans le tiroir situé sous mon sommier. Je tire sur la couette. Lisse les derniers plis réfractaires. À ce moment, Maman entre dans ma chambre sans frapper. Je me relève précipitamment et repousse le tiroir du talon, tout en glissant les billets dans la poche arrière de mon jean. Elle s'arrête un instant, renifle l'air et, se redressant, droite comme un I, le menton en avant, s'adresse à moi d'un ton un peu trop neutre pour que le pire ne survienne pas d'une seconde à l'autre. Elle veut savoir quand je vais me décider à ranger tout ce bazar, si j'ai bien rempli mon dossier d'inscription au Capa et, surtout, avec quel argent j'ai bien pu m'acheter ce cabas en cuir de marque hors de prix.

Elle hurle :

– Julia, nom de Dieu, ne me dis pas que tu as dépensé l'intégralité de l'argent que j'ai déposé sur ton compte !

Du tac au tac, je lui réponds que c'est un cadeau que m'a offert mon nouveau petit ami.

– Au fait, j'ajoute, tu as reçu un recommandé.

Elle devient blanche comme un linge, ressort sans un mot.

Et dehors, ça claque.

Le bruit sec retentit une deuxième fois. Je lève les yeux. Dans la pièce à côté, Maman crie « Putain ! ». Je m'avance timidement en direction de la fenêtre de ma chambre et, immobile, les bras ballants, observe par la vitre. La porte en bois de la maisonnette située dans la cour fait des allers-retours, elle frappe le crépi qui menace à chaque coup de s'effriter. Entre deux rafales de mistral, la porte reste une ou deux secondes grande ouverte. À l'intérieur, l'éclat froid des barrières en métal du lit de mon grand-père brille dans l'obscurité. Dans mon cou remonte le souffle de Papi, à mon bras nu s'accroche la main décharnée de son fantôme. Je frissonne. Je me revois jeter une étoile de mer desséchée au fond du trou dans lequel ils ont déposé son cercueil.

À cet instant, bizarrement, plus rien dans la maison ne bouge, et la sonnerie du téléphone retentit.

Papa est à l'autre bout du fil. Sa voix grésille, elle me parvient hachée. « … en voiture, avec Jacques… »

À l'extérieur, le vacarme s'intensifie. Dans la cuisine, Maman se ranime. Je l'entends refermer avec véhémence la porte du frigo.

Entre deux claquements de bois contre le crépi, je devine, derrière les mots de Papa, la voix tonitruante de Jacques. « Encore un coup de cet enfoiré de bureaucrate ! » Ce con se gausse, puis ne s'arrête plus. « Qu'ils aillent se faire foutre avec leur écologie de merde, qu'est-ce qu'ils ont tous en ce moment à s'exciter, cette extension de terrasse, maintenant qu'elle est là elle y reste, ils peuvent toujours courir, avec leur arrêté préfectoral. On est à Marseille, nom de Dieu. On va lui faire bouffer des langoustes, à ce connard de Parigot. Hein, Paulo, ça devrait le calmer. »

« Passe-moi Maman, oiseau », me dit Papa.

Maman, tous ses sens affûtés, déboule devant moi comme une furie et m'arrache des mains le combiné. Les traits de son visage se crispent. Ses yeux s'électrisent. Elle s'égosille : « Déjeuner de ministres ou pas, tu m'entends, Paul, hors de question qu'elle mette un seul pied sur cette terrasse. Julia n'a besoin de personne pour se trouver un stage. Et sûrement pas de Jacques. »

Puis elle s'arrête net, le silence, et elle panique. « Ma situation bancaire ne regarde que moi, Paul, de quoi ce connard se mêle-t-il ? »

Le visage de Maman blêmit, elle raccroche aussitôt et, en criant à l'univers « Salaud ! », se jette dans la cuisine, en ressort avec un couteau et une corde, ouvre la baie vitrée du salon d'un seul geste, se dirige vers la porte de la maisonnette dont les ferrures rouillées par l'air marin menacent maintenant de se désolidariser de l'encadrement, et fait en un tour de main un nœud de fortune qui semble parfaitement exécuté. La porte s'immobilise aussitôt.

Je n'ai pas bougé. Je suis toujours debout près du téléphone, je regarde Maman couper d'un geste précis le bout flottant de la corde puis revenir sur ses pas et fermer la baie vitrée. À peine décoiffée, elle se tourne vers moi et fixe à présent avec noirceur mon nouveau chemisier, sous lequel pointe le bout de mes seins. Un silence pesant plane dans le salon, sa moquette trop épaisse et ses meubles en métal aux teintes criardes. Le couteau à la main, les yeux pleins d'une énergie solide et féroce, Maman semble avoir arrêté de respirer. Et en l'espace d'une seconde, cet état d'immobilité précaire se rompt avec le pincement d'une bouche soulignée du trait épais d'un crayon rose bonbon, par un tremblement de menton incontrôlé. Yeux rouges, couche impressionnante de fond de teint, cheveux blond platine raides comme des brins de paille, Maman, affublée d'une paire d'anneaux géants en or, d'une robe moulant chacune de ses excroissances graisseuses, se met à tourner en rond comme une bête furieuse prisonnière de sa cage, laissant échapper le couteau de sa main tremblante. À cet instant, elle est seule au monde, plus rien de ce qui est réel autour d'elle ne semble exister. Moi comprise.

Je me réfugie dans ma chambre.

Au milieu du raffut que fait le mistral, un cri

bestial résonne dans le salon, surgi des tréfonds d'un estomac chargé depuis trop longtemps de somnifères et d'alcool. Et les lumières bleutées du matin envahissent la pièce. Je ferme les yeux, laisse mon esprit s'ouvrir lentement, à en oublier que je suis prisonnière d'un corps plantureux légué par une mère quasi folle à lier. J'enfile en quatrième vitesse mon trench beige et me couvre d'un châle en cachemire, chausse ma paire de boots, prends mon sac et quitte la maison.

J'allume le poste de radio. Monte le son. Un mec scande en live. Je démarre.

Au volant de ma Cooper décapotable flambant neuve, je pense à ce soir, à Gatien dans son costume étriqué et sa chemise blanche infroissable. À la façon qu'il a, le visage penché en avant à moitié caché par ses cheveux, de s'allumer une cigarette, ses mains longues et délicates repliées sur son briquet d'argent.

Plus je m'éloigne de chez moi, plus le ciel semble se dégager. Sur mon passage, j'aperçois des maisons, rien que des maisons, des grandes et des plus petites, des roses, des blanches, certaines au crépi marronnasse, d'autres avec un portail électrique ou une simple planche en bois en guise de porte. Du bitume, des gravats, des sacs de ciment, de la terre sur le bas-côté, des voitures garées au bord du trottoir qui bouchent la moitié de la rue. Je slalome sur la chaussée pour éviter les ralentisseurs et les trous colmatés à la va-vite. Au premier stop, je tourne à gauche et quitte l'avenue.

Je passe devant les murailles d'une maison

d'arrêt. La rue est déserte. Des herbes folles surgissent de l'asphalte, une caravane abandonnée et une coque de bateau en plastique pourrissent sur un terre-plein situé à quelques mètres à peine de l'entrée du quartier des femmes. Le feu passe au vert. Deux cents mètres plus loin, je prends un raccourci qui longe des barres d'immeubles d'où sortent des femmes voilées, avec leurs poussettes, des gamins aux cheveux gominés brayant à tout-va. Loin derrière ce joyeux bordel, des préadolescents, la tête encore endormie, traînent les pieds, les mains enfoncées dans les poches avant de leur pantalon, leur petite sacoche accrochée en bandoulière sur le torse. La tête haute, les cheveux lâchés, une paire de lunettes noires sur le nez, une cigarette parfumée entre les lèvres, je regarde s'éloigner dans mon rétroviseur deux voitures cabossées à moitié calcinées au bord de la route. Je continue en appuyant légèrement sur l'accélérateur et, à présent, fonce l'esprit léger sur le boulevard menant au centre-ville, déjà embouteillé.

Je regarde l'heure sur mon portable, le cours de procédure pénale a commencé il y a déjà quinze minutes. Je réalise que, le temps de me garer et de gagner la fac à pied, il sera trop tard. Rien ne presse après tout, surtout pas me fondre dans cette masse d'étudiants ennuyeux aussi dégoûtés que moi d'être enfermés des heures sous un éclairage jaune blafard. Je me dirige vers le quartier général du barreau marseillais et trouve une place tout près de la rue Paradis, juste devant une porte cochère en bois vernis encadrée par une dizaine de plaques dorées sur lesquelles sont inscrits des noms et prénoms, des titres, « Avocat à la cour »… Il fait froid mais le soleil brille. Je décide d'aller boire un café.

Le ciel est lumineux. Le mistral l'a entièrement nettoyé. Les garçons sur la place sont magnifiques avec leurs Ray-Ban, leurs gestes classe, leurs sourires tendres. La place Lulli est un véritable havre de paix. Depuis six mois que je fréquente cet endroit, je ne m'en lasse pas. Difficile de croire qu'à quelques mètres à peine les voitures s'entassent au feu rouge dans un concert dantesque de crissements de pneus et d'injures. Rien qu'à regarder ces garçons et ces filles tremper leurs lèvres dans le café, mon esprit dérive.

Sous le soleil plombant du mois d'août, une villa planquée au fond de la garrigue, un salon frais aux volets mi-clos, le bruit ambiant des cigales, des banquettes en lin, une sieste dans un hamac sous une tonnelle ombragée, un corps nu qui plonge dans les eaux bleues d'une piscine à débordement, des soirées faites de cocktails et de discussions légères sur une plage privée décorée de guirlandes et de lampions aux mille couleurs.

Je soupire sereinement.

Le serveur me salue d'un mouvement de tête et,

en essuyant la table d'un geste nonchalant avec son chiffon humide, énumère ce que je m'apprête à lui commander :

– Un café allongé, sans sucre, précise-t-il, et une orange pressée, avec un croissant.

Plateau sur le bras, avant de se diriger vers l'intérieur du bar, il pose *La Provence* sur la table d'à côté. Les gros titres attirent mon attention : « Bataille sanglante en vue. La préfecture maintient officiellement son soutien à la ville pour ses nouveaux projets d'aménagements sur la Corniche. Rafale de mises en demeure envoyées aux restaurateurs trop gourmands. » J'attrape le journal. À la une, Jacques fume un gros cigare devant sa nouvelle terrasse. Cheveux bruns hirsutes, costume noir sur sa chemise ouverte, le ventre énorme, le sourire triomphant, il tient par l'épaule le nouveau chef étoilé qu'il vient tout juste d'engager, un Japonais. Sa tête de gitan parvenu et satisfait de lui-même fait naître en moi un sentiment de colère que j'évacue aussitôt en tournant la page.

Je feuillette les suivantes. Un article sur un règlement de comptes, un autre sur un laboratoire de cocaïne découvert dans un appartement de la tour K, cité de la Castellane. « La drogue, précise le journaliste, servait à alimenter le milieu de la nuit aixoise. » Autour de moi, comme d'habitude, les mêmes filles qui fument leur Vogue en papotant et en exhibant leurs nouveaux bijoux, les vieux messieurs qui complotent ou lisent *Le Figaro*, et les jeunes ténors du barreau suspendus à leur iPhone, jambes croisées, le cheveu joliment décoiffé et les joues impeccablement rasées. Je plonge de nouveau la tête dans le journal, « l'inquiétante montée en puissance de la cocaïne en France chez la jeune génération ». Je pense à Alex. À ses barrettes de cannabis stockées dans le frigidaire de son garage, à sa rengaine habituelle : « De toute façon, le shit ça n'intéresse plus personne, c'est soft, bientôt je pourrai même ouvrir un coffee-shop en plein centre-ville. Ces choses arrivent bien plus vite qu'on ne le pense, Julia. » Ça me fait sourire.

Je bois mon café, et tout en revenant sur l'article, j'entends quelqu'un me saluer. Je lève les yeux. Lola me tend la joue. Elle sent le Shalimar et la cigarette blonde, sa peau est douce. Elle a les cheveux plaqués à l'arrière du crâne à l'aide d'une barrette, d'où s'échappent des mèches lisses et disciplinées. Elle porte sous le bras sa grande robe d'avocate noir et blanc roulée en boule. Je contemple les restants de reflets blond solaire qui se fondent à sa couleur châtain. Elle me dit :

– Tu sèches, ce matin ? Comme je te comprends. Cinq ans se sont peut-être écoulés, mais je me rappelle encore les sièges en bois de cet amphi, une vraie torture. Ça me faisait un mal de chien au coccyx.

Je lui souris en retour, et elle regarde autour d'elle, comme si elle se mettait à suivre des yeux un papillon dans le ciel. Soudain, elle s'arrête sur un groupe de filles assises à quelques mètres de ma table. En même temps qu'elle leur fait un petit signe de la main, elle me demande si j'ai bien pensé à récupérer ma convention de stage. Sans même attendre la réponse, elle se retourne vers moi et me fixe droit dans les yeux. Avec un grand et large sourire plein de complaisance, elle me dit :

– On s'est fait une de ces bringues, hier soir, t'aurais vu ça, Gatien avait encore le nez tout blanc, ce matin. Le week-end commence de plus en plus tôt en ce moment. Je crois qu'on est désespérés, ah là là, qu'est-ce que tu veux, ma pauvre Julia, nous autres sommes condamnés à rester de sales gosses irrécupérables… Tu es toujours sûre de vouloir le passer, ce concours ?

Elle a ce petit rire rauque qui la rend irrésistible. Ses yeux de biche se posent sur le journal :

– « Laboratoire de cocaïne », tiens donc…

Puis son regard se porte sur un homme qui ne doit pas être loin de l'âge de la retraite, un type bedonnant qui fume le cigarillo. Je le regarde à mon tour avec insistance, et Lola commente :

– Le juge Mariani, le grand manitou de la scène judiciaire marseillaise. Et surtout un vicelard de première.

Elle s'incline vers moi, me chuchote à l'oreille :

– Méfie-toi de cet homme, Julia, c'est le diable en personne. S'il le pouvait, il ligoterait toutes les filles ici présentes, sur cette terrasse, et les baiserait au grand jour. Il le ferait, je te jure, c'est la vérité.

Elle se redresse alors et c'est comme si sa voix se mettait soudain à chanter.

– À plus tard, mon cœur, je file… Ouh là, elle fait en regardant sa montre (un joli bijou en or blanc dont le tour de cadran est serti de petits diamants), je devrais déjà être au tribunal. À ce soir !

Elle se dirige vers la table où sont installées ces filles qu'elle vient à l'instant de saluer, les embrasse les unes après les autres, plaisante un peu avec elles.

Enfin, dans son ensemble classique mais seyant, et ce manteau bleu marine à la ligne impeccable qui s'accorde parfaitement à son petit sac en cuir, Lola se hâte avec élégance, sur ses hauts talons, un dossier rouge à la main.

Une heure plus tard, je lève le nez, le plafond est gris. Je suis debout à l'entrée de l'amphithéâtre, mon cabas de luxe sur l'épaule. Une centaine d'étudiants qui se partagent des canettes et des gobelets en plastique remplis de café lyophilisé attendent la reprise des cours en discutant.

Les deux mecs à qui la veille j'ai promis de l'herbe se rapprochent timidement de moi. Ils se tiennent à quelques centimètres et patientent en silence. Je me retourne, les regarde dans les yeux, puis sors mon paquet de Vogue mentholées et, chaussée de mes boots dont les talons en bois claquent sur les dalles de béton, me dirige vers la cour. Les mecs m'emboîtent le pas. Un groupe de filles rondouillardes habillées de vêtements multicolores mal coupés nous regarde passer en haussant les sourcils et se lance aussitôt dans des bavardages mystérieux. Une fois dehors, l'un des deux types toussote et, se rapprochant de moi, me demande d'une voix un peu trop aiguë comment ça va. En guise de réponse, je lui adresse un grand sourire puis, après avoir fouillé dans mon sac, lui tends l'enveloppe. D'un geste maladroit, il s'en empare et se hâte de la faire entrer tant bien que mal dans la poche avant de son jean. Quand il a enfin réussi cette délicate opération de camouflage, il semble pris de court. Il reste immobile, à me contempler, la bouche à moitié ouverte. Je le dévisage en plissant exagérément des yeux.

– Oui, bien sûr, il fait tout en laissant migrer son regard sur mon décolleté.

Son visage vire au rouge, et il attrape maladroitement des billets dans un petit portefeuille en toile qu'il sort de l'autre poche avant de son pantalon. Il me les tend du bout des doigts, faisant tomber sur le sol la moitié de ses tickets de carte bancaire, et se barre aussitôt, suivi de près par son pote qui, en repartant, me jette un dernier regard ahuri, comme si je venais de violer sur place son petit copain.

Je les observe avec amusement en m'allumant une de ces longues tiges blanches, je me retourne, et là j'aperçois, avachi de tout son long sur les marches des escaliers de béton, Alex, qui tout en tirant sur une énorme et imposante cigarette roulée essaie de capter le petit rayon de soleil de onze heures censé réchauffer son corps de pantin désarticulé. Le visage tourné vers les cieux, il exhale une épaisse fumée qui peine à se dissiper. Je m'avance vers lui.

– Bonjour, jeune homme, je peux vous aider ? Vous êtes perdu ? Si je puis me permettre, la fac de socio, c'est de l'autre côté de la ville.

– Hé, Ju, il dit en me voyant, je t'attendais.

Figure-toi que j'avais rendez-vous en ville avec un des mecs du Studio Treize, mais il n'a pas pu venir. Y a grève aujourd'hui, plus le moindre bus dans Marseille, la totale. Tu ne pourrais pas me ramener, par hasard ?

Je pose la main sur son épaule et, tout en soupirant, me perds dans un déluge d'excuses à n'en plus finir :

– … et j'ai des cours toute la journée, plein de trucs à faire après, désolée, vraiment désolée.

– Ah, chiotte, il dit, tête baissée vers le sol, pour une fois que j'ai pas pris mon scoot… J'ai du shit plein le sac, je voulais éviter de trop zoner. Y a des flics avec des clebs partout dans Marseille, aujourd'hui. Je ne sais pas ce qu'il se passe, mais c'est un vrai *waï*. On m'a dit de faire gaffe, ils fouillent à tout-va. Bon, tant pis, je vais me démerder autrement.

Il passe la bretelle de son Eastpak limé vieux de dix ans et ajoute :

– Vraiment dommage. Le carrosse, ce sera pour une prochaine.

Et il se relève, un petit sourire au coin des lèvres.

– Au fait, il me demande, elle marche bien ta Cooper ? Dis-moi, il s'est pas foutu de toi, ton père. Ça doit pas être de la poiscaille qu'il pêche, plutôt des lingots. Pas de doute, elle a vraiment de la gueule cette petite caisse. Ça va bien avec ta nouvelle paire de Gucci, il me dit en posant un doigt sur le bout de mon nez. Une vraie princesse.

Il rigole, je grimace, et il m'embrasse sur le front en me pinçant la joue.

– Passe ce soir si tu veux, il ajoute, ma mère sera contente. Elle s'inquiète de ne plus te voir. Elle pense que vous vous êtes définitivement engueulées, avec la tienne, que tu as déserté le quartier… J'ai pas mal de nouveaux morceaux et d'images dans ma bécane en ce moment, tu me diras ce que t'en penses.

Alex repart – son sweat-shirt à capuche, son baggy qui lui arrive au bord des fesses et sa casquette de skate sur sa tête rasée, ses yeux si petits, brillants, et ce sourire accroché non-stop sur son visage. Il franchit le hall et, se dirigeant vers la machine à café, il lève le poing. « *Rastafari !* il lance en rigolant, *rastafari !* » Le groupe de filles de tout à l'heure se retourne sur son passage. Pouffant de rire, elles le regardent se déhancher.

La journée passe, on me parle de responsabilité pénale, d'intérêt de l'État et de bail commercial. Entre deux monologues indigestes, je mange un club-sandwich dans mon coin et prépare à la bibliothèque mon cas pratique du lendemain. Avant le début du dernier cours de la journée, comme j'ai encore un peu de temps, j'en profite pour passer au secrétariat retirer ma convention de stage.

J'envoie un message à Gatien : « Votre cabinet est au 10 ou au 12 rue Grignan ? Je ne m'en souviens plus. C'est pour la convention à signer.

Toujours OK pour ce soir ? Au bistrot de l'hôtel La Corniche. 19 h 30. »

Gatien, c'est un beau prénom, ça sonne bien, dans un cabinet immense avec des canapés en lin et des plantes qui montent jusqu'au plafond, juste en face de la Maison des avocats en plus, et même pas un mètre à faire pour se boire un café place Lulli, le bonheur intégral. Le *bip* du message ne se fait pas attendre, réponse immédiate de Gatien, un « Belle enfant » en prime, je souris malgré moi.

– Mademoiselle, j'attends ! Vous vous croyez où, là, au McDrive ? Je ne suis pas un distributeur.

Je lève les yeux. La secrétaire, bras tendu, une feuille dans la main, les yeux fardés de prune, me fixe, agacée.

Le cours fini, j'ai encore une heure devant moi avant de retrouver Gatien. Je vais essayer ce jean que j'ai repéré en vitrine, et au passage ces escarpins chez Zadig & Voltaire. Une demi-heure devrait me suffire pour rejoindre La Corniche. À pied, ça vaut mieux. Sortie des bureaux et grève générale, des bouchons à tous les coups.

J'arrive devant l'hôtel, dont la nouvelle terrasse en saillie donne l'impression de se fondre dans le ciel déjà noir, comme un immense plongeoir se jetant dans la mer. Je passe l'entrée et, depuis le patio dallé de marbre de Carrare d'une blancheur immaculée, je scrute le fond de la salle. J'aperçois Gatien, déjà là, à papoter avec mon oncle. Lola, debout, un verre à la main, parle à l'oreille de Justine, cette fille qui travaille avec eux – une assistante, je crois –, et il y a aussi ces deux mecs que j'ai croisés l'autre jour, Victor et Arthur. Ils viennent du bureau. Les garçons ont la chemise ouverte, la cravate dénouée. Lola et Justine, elles, dans leur petit tailleur étriqué, se déhanchent sur les basses électro qui descendent en vagues légères des haut-parleurs fixés au plafond couvert de miroirs. Le mur de photos semble s'être enrichi de nouveaux clichés. Je fais un crochet par la terrasse. Je m'avance et jette un coup d'œil en contrebas, à travers les embruns où plus rien ne reste du cabanon blanc et bleu de Papi, même pas les fondations. Puis je retourne à l'intérieur, me tiens en retrait, dans la partie restaurant encore vide. Un des serveurs passe, je lui commande un verre de blanc, puis un deuxième. Planquée derrière l'une de ces colonnes lumineuses qui jurent avec le sol de marbre, je les avale en regardant la mer comme je boirais un sirop. Je suis presque à jeun, ma nuque se détend instantanément. De temps en temps, je tourne légèrement la tête pour observer les gestes exubérants de Jacques, avec son putain de cigare scotché à ses doigts. Un bon quart d'heure plus tard, Jacques donne l'accolade à Gatien et quitte la salle en jetant un œil sur Lola. En retour, elle passe lentement la main dans ses cheveux et lui sourit. J'attends que cet enfoiré disparaisse définitivement derrière la porte de service et je les rejoins.

– Eh, voilà la miss ! dit Victor.

– J'adorerais avoir encore vingt ans moi aussi, ajoute Justine en m'embrassant, je ferais des économies de fond de teint. Ma parole, c'est péché une peau pareille ! Tu me diras où tu as trouvé ce petit chemisier, définitivement j'adore. T'es trop mignonne.

Et, s'adressant à Gatien qui me scrute de la tête aux pieds, elle s'amuse à clamer d'une voix suave :

– Tu me la prêtes ? Moi aussi, j'ai besoin d'une stagiaire.

– Ah non, répond Gatien en me serrant par la taille pour m'embrasser dans le cou, pour l'instant elle est à moi, rien qu'à moi… Très sympa, ton oncle. *Let's dance*, il me dit en m'obligeant à cambrer les reins.

Le panorama depuis la grande baie vitrée ouverte sur la terrasse me transporte. Les serveurs ont tiré la cloison japonaise qui sépare le bar du reste du restaurant. À travers le papier crème translucide, on aperçoit des ombres qui s'assoient ou se lèvent. Quelqu'un propose qu'après on aille s'avaler un morceau de pizza sur la place d'Estienne-d'Orves. Je regarde discrètement mon portable. Il est déjà vingt-deux heures, et je m'imagine longer la Cayolle avec la Cooper, prendre l'avenue bordant le cimetière, me retrouver seule dans la nuit au milieu de ces anges démoniaques. Avec le fantôme décharné de mon grand-père surgissant au milieu de la chaussée, qui me force à le rejoindre dans sa tombe. Je me rapproche de Gatien, assis sur un des tabourets alignés devant le comptoir, et lui souris.

On boit un dernier gin fizz avant de grimper dans les voitures. Gatien glisse sa main le long de mon épaule dénudée et me tend un petit sachet plastique transparent rempli de poudre blanche. Il me susurre à l'oreille :

– Vas-y, ma belle, fais-toi plaisir.

Je m'écarte du groupe, qui attend d'être servi en écoutant le patron raconter une anecdote sur ses origines arméniennes et sa passion pour la pizza. Ce type au grand nez, reconverti en pizzaiolo napolitain – Tonio, comme il se fait appeler –, sert les meilleures pizzas de Marseille. J'ai lu ça quelque part, dans ce magazine chez Zadig. Je me dirige vers l'établissement d'à côté, bar branché du moment, noir de monde, où Gatien s'est arrêté pour discuter avec un groupe de jeunes croisiéristes anglaises. Mon téléphone sonne, je décroche. « Maman… Je suis au volant, je lui dis, je vais devoir raccrocher. Je ne rentre pas ce soir, désolée. » « Et pourquoi donc, elle me rétorque, ce n'est pas un lavomatic ici, ni un garde-meuble. Julia ! Tu m'entends ? » J'éloigne le portable de mon oreille et ose une plaisanterie. « Difficile de ne pas t'entendre, Maman. » Elle s'énerve. « Si tu crois que c'est comme ça que tu l'auras, ce concours, en passant ta vie dehors, à traîner… » Je reste un moment silencieuse. Maman s'arrête aussitôt de hurler, change de ton. « Tu es toujours là ? » elle me demande. « Oui », je lui réponds en m'allumant une Vogue. « Samedi, c'est l'anniversaire de ton père, n'oublie pas », elle me dit. Puis elle ajoute d'une voix grave : « J'ai invité pas mal de monde... »

Double appel, maintenant c'est le prénom d'Alex qui clignote sur mon écran. « Julia, dit-il en rigolant, retourne-toi... Mortel ! » Je fais volte-face, et qui je vois juste derrière moi ? Alex. Je reprends la communication avec Maman, elle semble ne pas s'être arrêtée de parler. Je coupe court à ses recommandations. « Je n'oublie pas, OK. Récupérer les oursins avant midi. Chez Toinou. Promis. À plus tard, Maman. » Je raccroche et, tout en me dirigeant vers Alex, lui demande d'un ton agacé :

– Qu'est-ce que tu fous encore là, Alex ?

Je jette un coup d'œil derrière moi en tirant sur ma cigarette. Les autres ont rejoint Gatien, avec leurs parts géantes de pizza, qu'ils mangent en hurlant des airs italiens, verres de rosé à la main. Je prends Alex par le bras et le tire un peu en retrait. On est maintenant sur la place, debout entre les groupes de fumeurs. Alex s'appuie contre un tonneau qui fait office de table et, face au regard furieux que je lui lance, se justifie :

– Ne crois pas que je te suis, Ju. Pur hasard, promis juré craché.

Il me tend une bouteille de bière.

– T'en veux ?

Je fais non de la tête. Il continue sur sa lancée :

– Je n'ai pas pu rentrer, trop galère, j'ai posé mon sac chez un pote à Noailles, et de fil en aiguille, je me suis laissé embarquer dans cette soirée à la con.

Je ne dis toujours rien, j'écrase la moitié de la cigarette sur le sol avec mon talon, fixe un moment le mégot. Lui meuble le silence.

– Je déteste cet endroit, trop m'as-tu-vu. Le centre-ville de Marseille n'est pas plus grand qu'un village, que veux-tu Julia, je n'y peux rien.

Il passe le bras autour de mes épaules, me malaxe la clavicule. Je relève la tête, rumine. Il reprend :

– Merdique la zique, en plus, tu ne trouves pas, Ju ?

Et il me met sa bière sous le nez.

– T'es sûre, t'en veux pas ?

– Non, j'te dis, je lui réponds en dégageant brusquement son bras de mes épaules.

– T'énerve pas !

Maintenant il se marre. Je ne décolère pas.

– Comment tu fais alors pour rentrer, Alex ? Non, parce que je t'avertis, ne compte pas sur moi, je ne rentre pas ce soir.

À ce moment débarque Gatien, tout sourire. Il tend la main à Alex, qui reste stoïque, et se contente d'un « Bonsoir monsieur » bien appuyé. J'ai un mouvement de recul.

Puis je fais les présentations :

– Gatien, le seul spécialiste en droit de la construction qui ait bien voulu de moi comme stagiaire. Alex, mon voisin.

– Enchanté, Alex, fait Gatien en lui tendant de nouveau la main.

Finalement, la conversation s'engage entre eux. J'assiste silencieuse à un échange que j'espère le plus sommaire possible.

– Alors comme ça vous habitez le même quartier, dit Gatien avec un intérêt non feint. Le neuvième, ah tiens, remarque c'est mignon comme quartier, pittoresque. J'ai eu à défendre quelques affaires dans le coin. Et toi, Alex, il lui demande en s'allumant une cigarette avec son Zippo gravé à ses initiales, tu fais quoi dans la vie ?… De la musique, c'est-à-dire ?… Du rap électro, ah ouais… Justement, je fais une fête chez moi ce week-end, j'aurais besoin d'un DJ, ça te brancherait ?

Au mot « DJ », Alex tire la tête. Je crains le pire, mais il se contient, je sens même que la situation commence à l'amuser. Il s'engouffre :

– Je mixe qu'en public, désolé, mon gars. Tu sais, une bonne playlist pour ce genre de petite fête pépère dans sa petite villa, ça fait largement l'affaire.

Gatien de son côté n'en démord pas, il insiste sur le fait qu'Alex sera évidemment rémunéré pour sa prestation, tout en affichant maintenant un sourire surfait. Je décide de leur fausser compagnie et pars rejoindre Lola, en train de tourner sur elle-même comme si elle était seule au monde sur cette place bientôt bondée. Elle semble traversée d'une transe endiablée, avoir déconnecté de la réalité.

J'ai froid, je repars vers le bar dans l'idée de me commander une vodka ou un rhum. L'entrée est infranchissable, j'ai la sensation qu'un mur humain se dresse devant moi. Je prends une grande inspiration et, les yeux fermés, plonge dans la foule. À l'intérieur, une musique horrible, sur des cadences house. Je me retourne, et ce que je vois dehors finit par me donner définitivement le tournis. Alex, debout face à Gatien, s'agite dans tous les sens en faisant je ne sais quelle imitation de scratch avec sa bouche et ses paumes. Soudain je me sens mal, je continue comme je peux à progresser vers le bar, mais avec tous ces gens autour de moi, rouges et grimaçants, et leurs tee-shirts auréolés de sueur, qui se secouent telles des marionnettes, et la musique qui résonne de plus belle dans ma tête, je suis prise de vertige. Je me dis que je ne vais pas tenir, que ce n'était pas une bonne idée d'avoir pris cette coke, de venir jusqu'ici, et que je ferais mieux de quitter les lieux sur-le-champ, sortir, aller sur les quais respirer l'air de la mer, mais au moment où je m'apprête à le faire je me fais bousculer et manque de tomber. Je sens qu'une main me rattrape de justesse, je me retourne, et c'est comme une apparition : là, à deux centimètres devant moi, un garçon me regarde, un cocktail à la main.

Statue solaire au milieu de cet enfer blanc qui s'agite sous les stroboscopes, silhouette détachée comme si le reste n'était qu'une toile de fond, avec le look du parfait petit rappeur qui parade sur ces clips tournant en boucle sur le Net,

Perfecto, tenue du corps parfaite, droit sur son axe, ouvert à l'univers, il me fixe. Je ne perçois alors plus que le bruit des basses, et lui.

Une impression de déjà-vu me traverse. Peut-être l'un de ces mecs avec qui traîne Alex, un musicien, sûrement, vu son look. Mais un Arabe aussi beau, je ne l'aurais pas oublié. Je fais mine de l'avoir à peine remarqué et me dirige tant bien que mal vers le bar, comme si de rien n'était. J'adopte une position debout face au comptoir, qui, lorsque je dirige mes yeux légèrement de biais, me permet de discrètement le regarder. Je le vois qui me dévisage, et bientôt je ne remarque plus que ça : ces fentes noires. Comme un trait lumineux et scintillant, elles me fixent. Je baisse aussitôt la tête. Puis j'agrippe le comptoir et de nouveau lève le visage. Le garçon a le nez plongé dans son breuvage, je l'observe un instant. Ses épaules sont larges mais son corps est fin et athlétique. Sa peau est brune. Jamais je n'avais vu une peau aussi sombre et transparente à la fois. La finesse de ses pommettes que la lumière blanche rend particulièrement saillantes me fait tressaillir, et, en une seconde, je passe d'un désir intense, sans limites ni tabous, de posséder sa nudité que j'imagine nerveuse et douce à la fois, à une curiosité malsaine. À cet instant, je souhaite savoir d'où il vient, quel est son nom, comment sont sa vie, son passé, ses rêves, avec quel genre de fille il sort, je souhaite connaître la façon dont il dort, ses gestes, ses tocs, ses démons, ce qu'il aime plus que tout. Je souhaite goûter à ses baisers.

Lola se plante devant moi et coupe court à mon délire. Elle me demande de l'accompagner aux toilettes, de lui donner la main, elle est mal. Me suppliant du regard, elle me dit :

– J'ai envie de vomir. Aide-moi, je t'en prie.

Son corps est prêt à flancher d'une seconde à l'autre. J'ignore cette armée de fourmis qui galopent encore dans mes veines, laisse Lola s'appuyer sur moi et plonge avec elle dans la foule, jusqu'aux toilettes. Après avoir trébuché une ou deux fois et crié une dizaine de fois « pardon » à des gens qui ne m'entendent pas, j'accède à une pièce minuscule laquée de noir du sol au plafond. J'aide Lola à placer sa tête au-dessus de la cuvette. Je lui tiens les cheveux pendant qu'elle vomit. Deux minutes plus tard, elle se relève et va se rafraîchir le visage. Je me plante derrière elle, la regarde faire.

– C'est bon, maintenant laisse-moi, elle me dit d'un ton subitement sec. Ça va, je te dis.

Comme je ne bouge toujours pas, elle tourne le visage dans ma direction et, les mains cramponnées à la vasque du lavabo, elle crie :

– Casse-toi, j'te dis, casse-toi !

Je reviens dans le bar, cette angoisse de nouveau cramponnée à l'estomac. Pleine d'espoir, je cherche le regard du garçon au milieu de la foule, mais c'est devant celui de Gatien que je me retrouve. Un regard sans équivoque, qui me déshabille.

– Je vais rentrer, je lui dis, il vaut mieux, j'ai un cours demain matin.

– Déconne pas, il me répond en me saisissant brusquement par la taille, viens dormir à la maison. J'ai envie de toi, Julia, j'ai tellement envie de toi, ne me fais pas ce coup-là. Viens, viens chez moi. Je sais que tu en meurs d'envie toi aussi. Viens.

Maintenant que je me retrouve dans les bras de ce garçon élégant dont le visage racé se rapproche dangereusement du mien, que ses gestes deviennent insistants, je n'ai qu'une envie, m'enfuir et courir dans la nuit.

Avant même que l'on franchisse sa porte d'entrée, Gatien arrache deux boutons de mon chemisier. On baise directement sur le canapé, sans parler ni se déshabiller. J'ai trop de substances dans le corps pour ressentir quoi que ce soit. Je garde les yeux ouverts. J'ai du mal à y mettre un peu du mien, à ne pas me focaliser sur le rythme saccadé des mouvements de ce corps qui s'agite furieusement au-dessus de moi.

D'où je me trouve, c'est-à-dire au dernier étage d'un immeuble haussmannien cossu avec vue dégagée sur l'horizon, en position allongée, sans avoir besoin de lever la tête, j'aperçois par la fenêtre les grues lumineuses et la mer quasi noire, les ombres des goélands qui se découpent dans le ciel bleu marine. Je me fais la réflexion que ce n'est pas si mal. L'endroit est très beau. Je n'avais jamais fait l'amour dans un appartement aussi grand.

Quand il finit par jouir, Gatien se retire aussitôt, roule sur le côté et se relève en remontant son pantalon. Je reste là, à scruter sa silhouette dans cette obscurité silencieuse. Il marche vers l'autre bout de la pièce, en déboutonnant sa chemise. S'immobilise pour la retirer. Lisse les plis du tissu froissé. En un seul mouvement, il replie le vêtement impeccablement et le pose sur le dossier d'un des deux fauteuils qui décorent le salon.

Maintenant de dos, nu devant l'évier situé derrière l'îlot central en marbre noir de la cuisine, il se sert un grand verre d'eau, qu'il boit d'une traite. Moi, je ne bouge toujours pas. Repliée en chien de fusil sur le cuir glacial du canapé, je passe en revue l'ensemble de son corps. Gatien est grand, sa silhouette maigre mais nerveuse a cette grâce naturelle qui semble pouvoir résister au nombre des années.

Sans changer de position, il m'adresse la parole d'un ton froid et distant :

– Tu peux te doucher, si tu veux. Tu trouveras une serviette et un gant à ta disposition sur le meuble attenant à la baignoire.

Et puis il se retourne, s'allume une cigarette et s'approche de son ordinateur, sur le plan de travail. À cet instant, j'ai le sentiment de n'être qu'un meuble parmi les meubles posés sur ce parquet trop brillant.

Le frigidaire ronronne. Je me débarrasse de mon slim, que je balance par terre, me redresse un peu et reste un instant comme ça à observer Gatien, assise, le poing replié sous le menton, d'un regard que je sens virer au gris. Puis, n'y tenant plus, sans un mot je me lève, simplement vêtue de ma petite culotte. Je contourne l'îlot de la cuisine, passe près de Gatien, tout près en fait, mes hanches frôlent son dos. Il continue de consulter ses mails.

J'ouvre le robinet de la salle de bains, je tends les doigts sous le filet d'eau, je les fais danser en attendant que l'eau devienne glaciale. J'effectue ce geste avec une intensité féroce tout en fixant un point sur le mur, devant moi. Les secondes s'allongent, je sens comme de l'électricité se répandre peu à peu dans l'air.

Soudain, lorsque je suis prête à regagner le salon, à me rhabiller et à partir sans un mot, une main monte le long de ma colonne et me saisit brusquement la nuque.

Les premiers mots que Gatien me dit au réveil, alors qu'il enfile son costume devant moi qui suis encore planquée sous les draps, allongée à demi nue sur une literie haut de gamme, c'est :

– T'aurais moyen de dégoter un peu de coke pour ce soir, Julia ? Ton voisin, cette espèce de skateur mal fringué qui était là hier soir, comment il s'appelle déjà, Alex ? À tous les coups, il a ça en réserve. Enfin, tu dois savoir. Vous êtes potes, non ? Le mec chez qui je me fournis habituellement a eu un petit souci. Je te ferai l'avance. J'ai pas mal de cash, au cabinet. Passe. Comme ça, t'en profiteras pour jeter un coup d'œil à ton nouveau bureau.

Il claque la porte de l'appartement, je m'allume une Vogue, tente de me servir un café à cette machine de marque italienne. Je mets un quart d'heure à comprendre comment marche cet engin high-tech de malheur, que les grains de café et l'eau sont déjà stockés dans un réservoir, qu'il s'agit simplement d'appuyer sur un bouton pour être servie.

Je contemple la vue. Les lumières des grues ont disparu, laissant place à l'immensité du ciel bleu azur. Je passe un coup de fil à Alex. « Tu ne pourrais pas venir en ville, s'il te plaît ? Il me la faut pour ce soir. Je ne vais pas rentrer, Alex, j'ai encore un tas de cours aujourd'hui. » Alex me répond que je déconne : « De la coke, en ville en plus. Mais tu rêves, Ju. Pourquoi pas en hélicoptère avec atterrissage direct sur le parvis de l'hôtel de police ? C'est pourtant pas les dealers de coke qui manquent, dans ce putain de centre. Merde. Tu devrais laisser tomber ce mec. Gatien, c'est ça ? Un peu vieux pour toi, quand même... Et le prends pas mal, Ju, mais permets-moi de te dire, c'est un énorme connard ce mec, un gros plouc inculte. Ça crève les yeux, un fils à papa de mes deux, un tocard qui se prend pour un yuppie new-yorkais des années quatre-vingt en arrosant les gonzesses de coke bas de gamme et de cocktails pourris... C'est qu'un ringard, j'te dis. Je reconnais ce genre de mec au premier coup d'œil, Ju, un p'tit joueur, il ne vaut rien, dans dix ans il sera toujours assis à sniffer sa merde dans les mêmes cafés, avec les mêmes gens... C'est une épave, rien de plus. Si tu tripes sur les VIP, choisis-en un au moins qui en vaille le coup. Y en a plein au Cercle, avec la totale, le fric, la montre, la Porsche et tout, de quoi voyager à l'international en première classe, t'éclater et te la péter. Ton p'tit con qui roule dans la voiture de maman en faisant le tour du huitième, excuse-moi mais c'est minable. »

Je me contente de sourire, et tout en regardant la mer par la fenêtre, j'avale une gorgée de café. Je laisse un long silence planer. Alex change de ton :

« Allez, OK, j'te vanne. Non, excuse-moi de m'emporter comme ça, Ju, mais je le sens pas, ce mec. Tu sais bien que j'te vanne, Ju... Soit. Si ça peut t'arranger, il finit par dire d'un ton blasé, je te trouve ça, ma poulette. Fais gaffe quand même, ne commence pas à mettre le nez là-dedans, Ju, c'est souvent n'importe quoi cette merde, coupée et archi-coupée la plupart du temps. J'appelle Sofiane et je te passe un p'tit coup de bigo dès que j'ai l'affaire. »

Je ne vais pas en cours. Je joins Maman pour lui dire que je dormirai encore ce soir chez mon petit ami, qu'elle ne s'en fasse pas, je serai là demain pour l'anniversaire de Papa. Je m'occupe de récupérer les oursins, sans faute. « Ne me prends pas pour une demeurée, elle me répond. Je sais où tu étais hier soir, Julia. Je ne veux pas que tu ailles chez ce salaud, tu m'entends, je t'interdis d'y passer tes soirées... » Elle crie : « Jacques est une crapule ! Il ne fait que le mal, et toi tu n'es qu'une gamine qui ne connaît rien à la vie. »

C'est Lola qui m'ouvre la porte du cabinet.

– Salut, elle me dit en souriant.

Difficile à croire que, quelques heures auparavant, cette fille vêtue d'une robe-chemisier trois quarts et d'une paire de ballerines extraplates tenait à peine debout et vomissait, la tête dans la cuvette des chiottes.

Je la suis à travers le couloir d'entrée et me retrouve dans un hall d'accueil tout droit sorti d'un catalogue Ikea. Il y a une table en contreplaqué finition chêne, avec un écran d'ordinateur, un immense agenda offert par une banque, ouvert en plein milieu et gribouillé à chacune des pages, un standard téléphonique qui bouffe le quart du plateau. Juste en face, collées à une plante en plastique vert sapin, une dizaine de chaises pliantes sont alignées. Assis sur l'une d'elles, penché, les jambes ouvertes, les avant-bras posés sur les cuisses et une gourmette autour du poignet, le regard vers le sol, un homme vêtu d'un jogging attend en se rongeant les ongles. Un autre, accroché à sa tablette, les jambes croisées, petit pantalon rouge et cheveux gominés, mâche nerveusement son chewing-gum. Je dirige mes yeux vers l'alcôve qui donne sur un immense couloir tapissé d'affiches publicitaires mettant en scène des VRP costumés posant devant la façade d'un bâtiment néoclassique censé évoquer un tribunal. L'un des deux mecs assis dans le hall d'accueil se racle la gorge et soupire bruyamment.

– Voilà, tu vas t'installer là pour l'instant, me dit Lola en désignant le fameux bureau en contreplaqué situé dans l'entrée. Pour la suite, on verra. Ça va nous soulager, Édith nous a fait un arrêt maladie, la poisse.

J'ai du mal à réaliser. Qu'est-ce qu'elle entend par « ça va nous soulager » ? Remplacer la secrétaire ? Dans ce décor pourri de carton-pâte ? Et pourquoi pas faire le ménage, tant qu'elle y est. Mes tempes s'enflamment instantanément. Avant que je réussisse à reprendre mon calme pour appréhender la situation avec distance, Victor et Gatien se ramènent, leur robe d'avocat sous le bras. Ils s'aperçoivent aussitôt de ma présence, cessent leur bavardage, me saluent bruyamment en faisant de grands gestes. Gatien me prend par la taille et me conduit jusqu'à son bureau.

On entend un pigeon roucouler, et puis plus rien. Gatien suspend sa robe noire au portemanteau et se met à me parler de La Corniche.

– Sacrée vue. Il a bien assuré, cet enfoiré de Rital. Il se l'est bien arrangé, son petit hôtel.

Puis, se tournant vers moi, il me demande quel est déjà mon exact lien de parenté avec ce mafieux.

– Mon oncle, je réponds d'un ton légèrement énervé, le frère de ma mère si tu préfères.

Gatien affiche un sourire au coin des lèvres. Haussant les sourcils, il reprend de plus belle :

– C'est un putain de spot, cet endroit, c'est de la bombe. Au fond personne n'a vraiment envie que ça change, alors ça m'étonnerait qu'il la démolisse, sa terrasse, décision du gouvernement ou pas. T'imagines s'ils installaient juste devant une piste cyclable pour touristes en short fluo, les boules, non ? Ce spot, c'est l'endroit idéal pour sniffer du caviar en baisant, Julia. N'oublie pas ça, y a que ça de vrai, le reste c'est juste l'enfer sur terre.

Je le fixe d'un regard méprisant, lui s'approche de moi et met une main sur ma hanche.

– Qu'est-ce qui te prend ? Souris, bordel, je plaisante !

Et il pivote, va fermer la porte du bureau puis me tend un jeu de clés en métal doré.

– Tiens, Julia, mes clés d'appartement, tu dors chez moi quand tu veux. Je t'aime bien, tu sais, t'as du potentiel, un sacré potentiel, crois-moi.

Je ne dis rien, et il rompt le silence avec cette drôle de tirade :

– C'est bien ça que tu veux, hein, Julia ? On ne va pas se mentir, quand même, c'est ça que tu veux ?

J'attrape les clés. Lui, maintenant, affiche un sourire carnassier. Alors qu'il remonte le bas de ma robe en essayant de glisser une main dans ma culotte, mon poing se referme sur le trousseau.

Je le freine dans son élan, reculant de quelques centimètres.

– Arrête, s'il te plaît, pas ici.

Le ton de ma voix est un peu vif, Gatien se fige un instant, puis enserre ma taille. Il colle son sexe contre le mien, y reste accroché férocement, se trémousse et entame une série de brusques va-et-vient avec le bas du corps. En moins de trois secondes, il jouit directement dans son pantalon.

À l'extérieur, venant des couloirs, j'entends des éclats de rire. Gatien redresse la tête, desserre son étreinte et part froidement s'asseoir à son bureau. En posant la main sur le combiné du téléphone, il m'adresse de nouveau la parole :

– Allez, faut que je travaille, jeune fille, je n'ai pas toute la journée devant moi… On se voit tout à l'heure.

Et il décroche le combiné.

– Au fait, il ajoute tout en composant un numéro, t'as pu te démerder pour contacter ton pote ?

Aucun mot ne sort de ma bouche, j'ai la gorge nouée, lui relève les yeux vers moi, une tension envahit mes épaules, je me contente de hocher de la tête en le dévisageant. Une seconde s'écoule dans un silence pesant, il finit par quitter son fauteuil et file vers un coffre-fort encastré dans le mur. Il en tourne la manette, une fois, puis deux, enfonce le bras à l'intérieur pour en ressortir une liasse de billets qu'il enfouit immédiatement dans mon sac à main. Silencieux, il se rassoit à son bureau et plonge le nez dans un dossier.

Avec tous ces billets planqués au fond de mon sac, je débarque rue Paradis, dans la boutique où, la veille, j'ai repéré ce jean hors de prix. Je l'embarque sur-le-champ et après une longue hésitation sors ma carte bleue. Ensuite, d'un mouvement décidé, je pousse la porte de la boutique voisine, enfile dans la cabine un chemisier en soie récupéré à la va-vite sur un cintre.

Sous le regard encourageant de la vendeuse, debout au milieu du magasin, je contemple ma silhouette face aux miroirs.

– Vous êtes superbe, si je peux me permettre, me dit la grande blonde, qui ne me lâche pas d'une semelle.

Elle me tend la paire d'escarpins que j'ai essayés hier et me dit en riant :

– Vous devriez les réessayer.

Je les enfile, effectue un demi-tour sur moi-même, lève légèrement le talon pour contempler la cambrure du cuir. Je me replace face au miroir, l'arrondi de mes seins ressort de l'échancrure du chemisier, mes mains caressent le tissu.

– Bien sûr, c'est superbe.

Debout devant la caisse, avec aux pieds maintenant ces escarpins rouges dont les talons effilés feraient pâlir un moine, je sens mon cœur qui palpite et, dans une grande inspiration, j'ouvre la poche intérieure de mon sac. D'un geste péremptoire, j'en sors la liasse de billets. La vendeuse me regarde avec ce même sourire et cet air amusé qu'elle affiche depuis que je suis entrée dans son magasin. Comme si tout ça pour elle était habituel, qu'une gamine de vingt ans puisse se payer des merveilles pareilles, une paire de talons de dix centimètres à trois cent cinquante euros. *Oui, tout ça est parfaitement normal*, je me dis, et je lui souris à mon tour de cette façon tout aussi enjôleuse qu'elle en me tendant le ticket de caisse.

En franchissant le seuil de la boutique, je me sens belle et grande. Debout sur les pavés blancs du trottoir, le soleil brille, je repense au mec d'hier croisé dans ce bar, à ce rappeur, à son regard, à son putain de regard.

Maintenant l'air frais fouette mon visage. Je commence déjà à avoir mal aux pieds. D'un seul coup, je ne sais pas pourquoi mais ça me prend violemment, je pense à ma mère qui haletait et hurlait, alors que je dormais, à moi qui me glissais sous les draps, qui me bouchais les oreilles. Et puis je pense un peu trop à cette manière que Gatien a de suspendre ses chemises les unes derrière les autres à intervalle régulier dans ce dressing grand comme ma chambre à coucher, à ce boulot de secrétaire, merde, et ça finit par me rendre extrêmement nerveuse. Les poignées tressées des sacs en papier me scient la paume des mains. L'odeur de la mer se mêle à celle du bitume qui chauffe au contact des voitures, elles avancent lentement, pare-chocs contre pare-chocs. Toutes les secondes, un conducteur klaxonne ou hurle à travers sa vitre. Le pas vif, mon visage étroit caché derrière une immense paire de lunettes noires, décolleté grand ouvert, les mains chargées de ces poches sur lesquelles apparaissent les noms de marques tape-à-l'œil, je slalome entre les joggeurs et les cyclistes. J'arrive devant la porte d'entrée de l'immeuble de Gatien, dont la peinture brillante trahit une restauration récente, jette un coup d'œil à mon portable. Il est déjà treize heures et Alex ne m'a toujours pas recontactée.

Je me déchausse et balance mes escarpins l'un après l'autre au milieu de la chambre. L'air sec m'a donné soif. J'ouvre la porte du frigo, c'est le grand désert. Je me rabats sur une bouteille de Perrier retrouvée tout près de mon soutien-gorge et de ma culotte abandonnés au pied du lit de Gatien.

Les sacs de fringues sont au milieu de la pièce. Je soupire. Une fois déballés et installés sur la housse de couette, ce jean et ce tee-shirt hors de prix que je trouvais si classes, dans le magasin tapissé de miroirs, désormais débarrassés de leurs étiquettes et dans cet appartement aux murs blancs décorés de moulures me paraissent trop clinquants. Je ne résiste tout de même pas à les enfiler. Je contemple le reflet de ma silhouette en creusant les reins, effectue quelques demi-tours sur moi-même, le jean suit les courbes de mes cuisses et monte légèrement jusqu'à la lisière de mes fesses, ce qui a pour effet de les galber parfaitement et d'en accentuer la rondeur.

Je marche, fais quelques allers-retours d'un bout à l'autre de la pièce, m'arrête devant la fenêtre, frissonne. J'allume la clim inversée pour chauffer cet appartement qui à la franche lumière du jour m'apparaît glacial et surfait. Puis je m'allonge sur le lit et m'allume une cigarette. J'en fixe le bout. Le rouge se consume à chacune de mes inspirations, la fumée s'échappe de ma bouche. Je me berce de la couleur mélancolique qui s'en dégage.

Il est quatorze heures, le parquet vibre, mon téléphone sonne enfin. Je dégage mon bras de dessous la couette, attrape mon iPhone. Je me redresse, coudes sous les reins, puis ma main glisse sur ma nuque. « Je m'étais endormi, me dit Alex, j'ai loupé ton texto. On n'a qu'à dire dans une heure au Vieux-Port, au niveau du McDo. »

Il est à présent quatre heures de l'après-midi, je m'en veux, je m'en veux d'être aussi faible, de me mettre dans une situation pareille, d'attendre devant cette saloperie de fast-food. J'ai mal aux fesses d'être assise depuis une heure au bord de ce trottoir, mon front dégouline, j'ai des sueurs froides. Mon jean me serre, j'ai des fourmis au niveau du mollet à force de croiser les jambes. J'appelle Alex pour la troisième fois, salive dans ma gorge trop sèche, et lui dis: « Qu'est-ce que tu fous, merde... Je sais pas, ce n'était peut-être pas une si bonne idée après tout, je vais y aller. »

Et finalement il arrive. Alex descend du siège passager d'une 205 à la porte arrière droite cabossée. Il me fait un signe de la main, comme si cette arrivée magistrale pouvait passer inaperçue. Trois mecs entassés à l'arrière de la voiture m'observent en se donnant des coups d'épaule. Devant, assis au volant, un autre mec, coiffé d'une casquette de la même marque de skate que celle que porte habituellement Alex, et dont il m'est impossible d'apercevoir le visage, caché par l'ombre de la visière, s'allume une cigarette. Le flash du mec vu la veille dans le bar me revient d'un coup au cerveau. Alex s'approche de moi, me sourit à peine, regarde autour de nous et, son visage se refermant aussitôt, me tend une enveloppe. Il s'agace de me voir fouiller dans mon sac à main et paniquer en ne mettant pas immédiatement la main sur les billets, prend avec brusquerie l'argent que finalement je retrouve au bout de deux minutes, coincé à l'intérieur de la doublure en viscose, se barre aussi sec. Même pas une bise, même pas un petit geste amical de la main. Il remonte dans cette putain de bagnole, avec ses putains de potes qui me sourient comme des cons, à moitié défoncés.

La voiture redémarre et disparaît dans la circulation. Je suis mal à l'aise, seule au milieu de la ville, avec mon cabas de luxe au cuir neuf trop rigide, qui contient une quantité non négligeable de cocaïne. J'ai l'impression que tout le monde a les yeux braqués sur mon sac.

Je me réfugie sur les quais, au bar de la Marine. Je passe un coup de fil à Gatien pour lui dire que j'ai la coke, il me prévient qu'il ne sera là que dans une heure. Je m'installe en terrasse pour commander un café.

À une table juste devant la mienne sont assis deux mecs de mon âge, ainsi qu'une fille en tenue sport chic, assortie aux polos Ralph Lauren que ses petits copains aiment porter col relevé. À l'intérieur du bar, derrière son comptoir, le serveur range je ne sais quoi. Je tire nerveusement sur une Vogue au goût insipide. Ça finit par m'agacer plus encore que je ne le suis déjà. Le serveur se décide enfin à jeter un œil dehors. Je lui fais signe. Il se ramène d'un pas lent, se plante devant moi, me toise de la tête aux pieds. Finalement, je lui commande un gin-tonic avec plein de glaçons. À peine m'a-t-il tourné le dos que l'un des mecs devant moi, le plus beau, le plus arrogant aussi, s'adresse à l'autre qui, lui, tout en lançant un regard désespéré à l'univers, attrape sa bière.

– T'es vraiment qu'un gros plouc, Stan. Et arrête avec ces roulées, c'est pour les clochards, mec.

Il lui dit ça avec un rire bête qui me hérisse le poil.

– Pauvre Stanislas...

Il continue sur le même ton, comme si ça lui brûlait le bout de la langue, qu'il ne pouvait pas s'en empêcher.

Le serveur pose mon verre sur la table.

L'autre connard dit :

– C'est bien mieux comme ça, gros bêta, crois-moi. Finis ton master et passe ce putain de concours. *Winner*, mec. Arrête avec tes questions à la con. Tu fais partie des *winners*. Les filles savent ça, hein, Val ?

Il lâche ça en matant son amie qui, elle, assise sur le côté, les yeux perdus dans le vide, est en train de tirer une taffe sur sa Vogue.

– Il vaut mieux que tu le comprennes avant qu'il ne soit trop tard.

Maintenant il touche la nuque du fameux Stan. Et puis il a cette phrase en trop :

– Tu pourras toujours te choper un stage à la cool si ça peut te rassurer. Elle doit bien avoir ça en rayon, ta mère, elle connaît bien le maire, non ? Un p'tit stage pour son p'tit Stanislas.

Pourquoi il a fallu qu'il dise ça, comme ça, en lui touchant la nuque, pourquoi. Stanislas maintenant se lève, les yeux pleins de larmes, prétextant une envie urgente d'aller aux toilettes. Il paraît mal, tellement mal. D'un brusque revers de main, je fais valdinguer mon verre et les fusille du regard. Le polo Ralph Lauren se tourne vers moi et me regarde d'un air circonspect. Aussitôt, le serveur débarque comme une furie avec une pelle et une balayette.

– Ça fera quinze euros, mademoiselle.

Je lui tends un billet de cinquante et le prie d'avoir l'amabilité de me servir un Perrier tranche. La fameuse Val, prise par un soudain retour de présence, hurle :

– Un p'tit stage pour son p'tit Stanislas !

Pourquoi ça. Pourquoi m'infliger ça.

Au loin, je vois débarquer la Mercedes. J'ai le soleil dans les yeux, et je ne suis pas mécontente de partir au plus vite d'ici. Je me lève de ma chaise, marche en direction de Gatien, qui sort de la voiture garée en double file et avance sur le trottoir en faisant de grands gestes. J'arrive à son niveau. Lola sort à son tour de la voiture. Elle se précipite vers moi, me serre dans ses bras. Je grimpe à l'arrière, avec Victor et Justine qui, hilares, les pupilles dilatées, reprennent en chœur le refrain du morceau passant à la radio.

On roule en direction du tunnel. Assise sur le siège avant, Lola saoule Gatien de questions bêtes auxquelles il répond à peine. Elle le câline et rigole très fort.

– Cette idiote a pris de l'avance, il dit en me regardant dans le rétroviseur.

Je détourne les yeux. J'ai soudain la désagréable impression de ne pas être à ma place parmi ces gens. *Qu'est-ce que je fais là, au juste ?*

Il y a du monde sur le quai. J'ai les traits tirés, d'avoir attendu en plein soleil. Et j'ai mal au crâne. Gatien m'observe de nouveau dans le rétroviseur, il me lance un clin d'œil ridicule. Je me contente de regarder loin devant moi, sans un mot. Il me dit :

– Tu me rends fou, tu es belle, malgré tout le reste. Malgré cette satanée froideur. Julia, souris, bordel !

De l'entendre me parler ainsi, alors qu'on est tous là, avec Lola, Victor, Justine, entassés dans sa Mercedes beige qui sent la javel, ça bouillonne à l'intérieur de moi et je ne fais rien pour changer d'attitude.

Une demi-heure plus tard, nous sommes coincés dans les embouteillages. Quelques soupirs, et on arrive finalement à se faufiler, à trouver un raccourci pour attraper la Gineste vers Cassis. On roule, sur une musique de supermarché à fond, avec le vent qui s'engouffre à l'intérieur de l'habitacle, le paysage de terres brûlées et de carcasses d'arbres carbonisés à perte de vue, comme tout droit sortis d'un film d'horreur, et ces petits autels improvisés en bordure de route, installés mystérieusement par des mains inconnues en mémoire de ces mecs et filles morts dans de sordides accidents de la route, plus personne ne parle. Je me sens seule soudain, puis de nouveau très énervée d'être à leurs côtés. Alors je ferme les yeux, cambre la nuque sur l'appui-tête, et tout d'un coup, direction Cassis, je n'en ai plus rien à foutre, et je ne songe qu'à une seule chose, à cet instant où j'avalerai ce gin-tonic, où je n'entendrai plus mes pensées.

Entre deux veuves noires et un jet set, je me perds parmi les danseurs, je balance les coudes, lève les mains, déhanche mon corps au rythme de la musique. Je jette un œil dans la foule. Mon rythme cardiaque s'accélère un bref instant lorsque j'entrevois une silhouette vêtue d'un Perfecto à l'entrée du bar. Un rouquin coiffé en pétard, qui porte une chemisette couleur jersey et une paire de lunettes de soleil à monture blanche. Il se dirige vers une fille aux cheveux blonds qui a les bras grands ouverts. Mon excitation redescend en un quart de seconde quand il l'embrasse sur les lèvres et la serre un long moment dans ses bras, je me replonge dans la musique. Les paupières closes, je me déchaîne au milieu de ces jeunes gens aux gestes impudiques, qui portent à leur bouche, le petit doigt levé, des verres de mojito géants.

Soudain, je sens un corps se coller au mien et puiser dans le mouvement de mon bassin, j'ouvre de nouveau les yeux, une main se glisse sous mon chemisier. Gatien épouse les rythmes de mon corps. Face à moi, Victor cherche mon regard. Je souris, vais vers lui et m'accroche à sa nuque. Gatien cesse de danser et regagne le bar aussi sec. Victor se rapproche encore un peu plus. Au bout de deux secondes, je fais deux pas en arrière et me détourne de lui pour rejoindre un groupe d'inconnus en train d'agiter les bras. Au centre, Lola se déhanche parmi cette bande de mecs survoltés. Une fois calée entre deux énergumènes gras et transpirants, je tends la main en direction de Victor, resté immobile au milieu de la piste de danse, à m'observer. Je baisse la tête et me laisse guider par l'énergie ambiante. J'oublie.

On est en plein milieu de la nuit, ils sont tous redescendus sauf moi. C'est vrai que j'ai un peu abusé, mais j'avais besoin de m'encourager. Avec tout cet alcool avalé en seulement quelques heures, je finis par perdre définitivement le contrôle. Entre deux nouveaux verres, je colle d'un peu trop près Victor et le supplie de me confier ses expériences sexuelles les plus extrêmes. Il me raconte un truc pas possible, une sortie, il y a un an, avec Justine. Une soirée échangiste, dans le quartier du Vieux-Port.

– Je la voyais se faire caresser par un homme, il me dit d'un air des plus sérieux, et là j'ai craqué, je l'ai prise par le bras et je l'ai forcée à quitter la boîte. Et t'y crois ? Une fois dehors, la conne a frôlé la crise de nerfs parce que soi-disant le type en question, un magistrat influent, pouvait lui arranger un dossier.

Prise d'une crise de fou rire, je me serre contre lui, il me susurre à l'oreille, « Mais je vous le jure, mademoiselle », et Gatien se retourne, haussant la voix :

– Allez, ça suffit, on se casse maintenant, je vous rappelle qu'on a pas mal de boulot demain, c'est ma soirée, les enfants.

Tout le monde lui obéit au doigt et à l'œil. Moi, je traîne les pieds, prenant le temps de contempler les étoiles scintillantes dans le ciel bleu marine. Je sens le vent marin glisser dans mon cou et rafraîchir mes narines. J'ai soudain une furieuse envie que quelqu'un me prenne dans ses bras, de respirer l'odeur du tabac à travers la douceur d'un vieux pull-over. Je fais quelques pas pour me rapprocher de Gatien. Les pans de sa chemise suivent le rythme des mouvements de son dos, j'hésite à me blottir contre lui, essaie vainement de lui attraper la main. Il marche vite, trop vite, regarde droit devant lui. Chaque fois j'ai l'impression qu'il va ralentir, se retourner vers moi, mais il accélère le pas. Et ça me broie le cœur. Je me ravise.

Dans la nuit, Lola, d'une voix éraillée, crie au loup : « Est-ce qu'un jeune éphèbe aurait la bonne idée d'accoster son yacht dans ce si joli port ? » Et elle rigole très fort puis, prise d'une quinte de toux, baisse la tête vers le sol et camoufle son visage d'un revers de main.

Avant de s'engager dans la rue principale qui mène au parking, on passe devant ce bar plein de touristes. Personne n'est vraiment partant pour s'y arrêter.

– Ah, non, pitié, pas avec les ploucs, me taquine Victor.

J'insiste. Gatien se retourne vers moi et me fusille du regard. Au fond de la salle, couverte de lambris et de photos de paysages alternant une série de couchers de soleil sur le massif des Calanques et des pointus ou des voiliers naviguant sur une mer calme et brillante, il y a toute une équipe de rugbymen en furie qui m'attire comme un aimant.

– Et tu trouves ça marrant, toi ? me dit Lola.

– Yes, je lui réponds.

Elle va s'asseoir seule à une table, le nez collé à son portable. Les autres la rejoignent, parce qu'il n'y a bien que moi qui trouve du charme à ces colosses en polo rayé.

– Raffinés, tes copains ! me lance Gatien, qui part commander des vodkas.

Je m'approche du groupe en souriant. Gatien s'affale sur le comptoir. En me voyant discuter, rire aux blagues scabreuses de cet athlète carré comme un Néo-Zélandais, me faire enlacer la taille par des mains potelées, Gatien s'emballe, la colère le rattrape. Il m'arrache littéralement de ce bar, me traîne au-dehors, jusque sur le trottoir, hurle au milieu de la rue que je ne suis qu'une conne. Les autres sortent et nous regardent, tous : Lola, Victor, Justine. Mais personne ne bronche, de peur que la soirée ne s'envenime pour de bon, et d'être obligé de commander un taxi pour rentrer.

– Parce que tu n'es qu'une petite allumeuse, il me dit, rien d'autre qu'une petite merdeuse. Allez, on se casse maintenant.

Ça me fait l'effet d'une douche froide, je dessaoule en deux secondes. Je leur emboîte le pas, m'allume une cigarette, regarde droit devant moi et avance sans un mot en direction de la voiture. Avant même que j'aie ouvert la portière avant, Gatien semble avoir bizarrement retrouvé son flegme de jeune homme bien né et me serre fort contre lui.

– Pardon, tu es tellement belle, il me dit.

Je ne réponds rien, m'assois sur le siège à côté de lui. Mes mains à présent ne décollent plus de mes genoux, je suis crispée au point de sentir ma lèvre supérieure se paralyser, mes narines se dilater, mon regard reste fixe.

Tout le monde est rentré chez soi. Je suis seule en compagnie de Gatien, dans le hall de son immeuble. Il se penche vers moi. Ses yeux ont viré vers des zones ténébreuses. Ses gestes deviennent brusques. Il m'attrape dans ses bras, me serre de plus en plus fort. Mon corps se raidit. D'un seul coup, il glisse la main dans ma culotte et frotte sauvagement mon sexe avec son poing, ça me fait mal, je lui dis « Doucement » et il continue de plus belle, « Arrête, je lui dis, arrête », au lieu de ça il se saisit de mon bras et le bloque dans mon dos, me plaque contre le mur de la cage d'escalier et baisse mon jean, « Arrête », je lui dis, mais non, je sens son sexe comme une pierre qui s'introduit à l'intérieur de moi, et ne s'arrête pas d'entrer et sortir. La douleur est intenable, les larmes coulent sur mes joues, je manque de m'évanouir.

Il ne fait pas encore jour. Les yeux grands ouverts, fixant la moulure blanche du plafond, j'écoute le bruit de ma respiration. Je me lève et m'assois sur le fauteuil club face au lit, m'allume une cigarette et regarde Gatien endormi. Seul au milieu de son grand appartement trop neuf, trop blanc. Son costume aux plis lissés posé sur l'accoudoir du fauteuil. Et, rangés avec la même application, son écran Mac géant, ses beaux et immenses bouquins dont je doute qu'ils aient été ouverts ne serait-ce qu'une seule fois, ses stylos tous d'une taille identique, son Montblanc, ses photos de lui encadrées. Rien ne dépasse. Parfois, Gatien fronce les sourcils et gémit, il tourne la tête, mais la seconde suivante il ne bouge plus et les traits de son visage s'apaisent.

Quelques instants plus tard il fait presque jour, et j'envisage de fuir le plus vite possible cet appartement morbide, avant que Gatien ne se réveille. Je traverse la pièce, pose le front contre la vitre froide. En bas, dans la rue, les mecs tirent les parasols géants sur les trottoirs, enlèvent les bâches et arrangent les chaises et les tables en bois. Certains discutent en faisant de grands gestes, d'autres, au milieu de volutes de fumée, regardent en direction du ciel en buvant dans des verres colorés, du café ou du thé, que sais-je.

J'ai la gorge serrée, je me dis *Julia, oublie. Laisse une bonne fois pour toutes cette soirée affreuse derrière toi, fais comme si rien de tout ça n'avait existé.* Boire des mojitos sucrés et écœurants dans des verres géants translucides remplis de glaçons et de pailles, en compagnie de cette bande de connards en plus, faire semblant de trouver un intérêt à leurs discussions superficielles, et m'être finalement fait baiser comme une pute, par le pire d'entre tous. Qu'est-ce qui a bien pu me passer par la tête, merde, m'être ainsi fait avoir à ce point.

Mon téléphone vibre. Je me jette dessus, Gatien se retourne et tousse, émet un léger ronflement. J'attends que son corps s'immobilise de nouveau et pars aussitôt me planquer dans la cuisine.

Alex parle vite et fort. Il me supplie de foncer le récupérer. Il vient de tomber en panne de voiture au milieu de rien. Je chuchote : « Avec quelle voiture ? Tu ne conduis pas, que je sache, Alex. » « C'est la voiture d'un pote, c'est urgent », il me dit d'un ton ferme. Il doit dégager au plus vite la 205, qui en fait n'appartient pas vraiment au mec qui la conduit, « c'est une voiture qu'il a empruntée », il précise. Je commence à comprendre. « À cette heure, en plus… C'est la merde, Julia, dedans j'ai plein de matos à rapporter chez moi, du genre des enceintes, et des ordis, c'est du matos que le studio m'a prêté. » C'est de la folie de planter ça là, si je vois ce qu'il veut dire, bref il ne vaut mieux pas que les keufs aient la bonne idée de se ramener, ce qui est fort possible, vu que c'est bien le genre d'endroit suffisamment glauque où pourrait planquer une voiture pleine de flics tordus prêts à tout lui piquer et s'en mettre plein les fouilles. « Y a que des bateaux pourris et des grues, Julia, et pas une voiture à l'horizon. Une 205 bleu électrique défoncée avec des portières noires au milieu de tout ça, ça le fait pas, on voit qu'elle. »

J'enfile mon jean, referme une à une les agrafes de mon soutien-gorge en dentelle. Je ramasse mes paquets, prends la liasse de billets que m'a de nouveau confiée Gatien pour lui acheter de la coke, pour sa putain de soirée de merde, la glisse dans l'un de mes sacs de course, et prends soin de fermer la porte en douceur.

Je descends l'escalier, ma paire d'escarpins à la main. Le contact de mes pieds nus avec la pierre provoque une sensation de froid qui me remonte jusque dans le dos. Je tire la porte de sortie.

On est samedi matin, dehors l'air est noir et glacial. Je chausse mes escarpins une fois refermée la lourde porte cochère en bois, dont la peinture vert bouteille a été taguée pendant la nuit de quelques graffitis illisibles. Je me concentre sur le rythme de ma respiration. Petit à petit, celui de mon cœur s'apaise, et mon corps semble s'alléger. M'allumant une cigarette, je me dirige vers la Cooper. Je me pavane sur dix centimètres de talons, d'un pas que je m'applique à mettre au diapason d'une respiration longue et régulière, et soudain, ça arrive comme ça, comme un petit caillou coincé dans ma chaussure qui vient tout gâcher, je pense à cette journée titanesque qui s'annonce, à ce repas de midi prévu chez Papa pour son anniversaire, à tous ces cons devant lesquels je vais devoir faire bonne figure, aux oursins que ma mère m'a chargée de récupérer chez Toinou et que je ne vais pas avoir le temps de récupérer. Je frissonne, j'accélère le pas, ma gorge se serre, je laisse tomber sur le sol les paquets, et les larmes ne cessent de couler.

Je lis l'heure indiquée sur mon écran de portable, six heures quinze. *Ça va aller*, je me dis, *ça va aller, reprends-toi, Julia*, et je branche le GPS et écris à Alex : « J'arrive, j'en ai pour un quart d'heure, pas plus. » J'actionne mes essuie-glaces, qui ont laissé des traces noires sur le pare-brise, j'allume mes phares, je démarre la voiture, garée entre un scooter à moitié défoncé et un amas de poubelles débordantes. Je prends la direction de la zone portuaire nord.

Ce que j'observe en premier est sinistre. Tous ces bateaux emboîtés les uns contre les autres, ce paysage industriel à l'odeur de rouille. Je manœuvre à l'endroit qu'Alex m'indique en faisant de grands gestes par la vitre ouverte, puis je sors de la voiture. J'inspire profondément l'air humide. Mes yeux se posent sur le quai, et pile en face de moi, je le vois. Pour la deuxième fois en à peine deux jours. Je n'en reviens pas. Debout, les jambes croisées, le dos collé contre le muret, avec une casquette, le nez plongé dans son smartphone. Je le reconnais. Le garçon. Le garçon du bar.

Alex, à distance, sans faire un mouvement vers moi, me salue de la main. Concentré et silencieux, il sort des sacs de derrière un tas de coques à bateau rongées par le sel. Le garçon, lui, chuchote en bougeant la tête de haut en bas, en touchant nerveusement sa nuque avec sa main gauche. Je dois le fixer un peu trop intensément parce que, au bout d'un moment, il relève la tête et me transperce d'un regard noir et fiévreux.

Puis baisse aussitôt les yeux en direction de son écran. Il m'ignore. D'une façon si intense, si brutale que j'ai soudain l'impression de ne plus exister. Sans le moindre geste ou la moindre parole pour moi, il rejoint Alex.

Je reste plantée là pendant une longue minute. Alex et le garçon transbahutent les sacs dans le coffre de la Cooper, et c'est bien la première fois que je vois Alex aussi appliqué, se comporter de manière aussi efficace. Je ne m'en mêle pas, me garde de prononcer le moindre commentaire. De mon côté, je fixe sans retenue le corps long et finement musclé du garçon, que je devine facilement sous les mouvements de son sweat-shirt. Puis, à un moment, j'ai un sursaut de lucidité, je me vois faire et réalise le ridicule de la situation.

Je détourne la tête, fais volte-face en direction de l'horizon. J'avance de quelques pas, une vingtaine de mètres, m'allume une cigarette. Je me concentre sur la fumée qui sort de ma bouche. En vain. Je n'arrive plus à penser à autre chose.

Leur ballet dure depuis un bon quart heure, j'ai eu le temps d'en fumer deux autres, assise sur une sorte de fût de métal strié de deux bandes rouges. L'horizon s'est empli d'un voile nuageux entre le violet et le rose. J'entends le coffre de la Cooper se fermer dans un bruit sec. Je ne me retourne pas. Peut-être que j'espère inconsciemment que le garçon vienne vers moi. Mais non, pourquoi ferait-il ça, il ne m'a pas ne serait-ce qu'une seule fois adressé la parole. Une main se pose sur mon épaule, je sursaute, mon cœur s'emballe, je n'arrive pas à bouger. J'entends la voix rassurante d'Alex :

– Merci, Ju, t'es bien la seule personne à qui je pouvais demander ça. Je te revaudrai ça au centuple, ma grande.

Je me lève, il me serre dans ses bras et je sens mes yeux brûler. Les larmes brouillent ma vue. J'avale ma salive et mets en branle toute l'énergie qu'il me reste pour lui sourire.

Le garçon s'allume une cigarette. Alex et moi, dans les pas l'un de l'autre, on revient droit sur lui. Quand on arrive à son niveau, on reste tous les trois silencieux, immobiles. Et voilà que le garçon me dévisage avec insistance. Le moment dure : moi, lui, l'un en face de l'autre, presque seuls au monde. Il se passe alors comme un retour de l'univers contre lequel il est inutile de lutter, quelque chose d'extrêmement brutal que je ne vois pas venir. Je m'abandonne, au contact de son regard, je sens mon corps s'électriser, mon visage s'enflammer. Je baisse les yeux, et comme si ce garçon me tendait un miroir et que je ne pouvais plus faire autrement, je vois mon reflet apparaître. Je prends soudain conscience de la hauteur ridicule de mes talons, de mon jean noir moulant dont la fermeture éclair est prête à céder, de mes seins qui débordent de mon haut trop transparent et trop échancré, de mes anneaux en argent un peu trop larges, de la couche épaisse de mascara et de crayon qui maquille mes yeux, de mon odeur de transpiration mêlée à mon parfum musqué. Je me sens soudain conne et sale, trop, tellement trop, devant cet Arabe, ce gamin, bordel, portant un sweat et des baskets, un prototype des cités, merde, et c'est presque comme si ce garçon-là m'envoyait une gifle, ce genre de mec dont il m'est arrivé plus d'une fois d'effleurer la main pour échanger avec indifférence quelques billets contre un peu de shit dégueulasse, et que jamais je n'ai calculé, jamais, même pas une seule fois. Mais là, à ce moment-là, dans ce petit matin, ici, nos corps si proches, sur ce port industriel désertique, avec la mer au loin, les couleurs violettes du ciel, les paquebots entre ciel et mer qui se barrent de l'autre côté de la Méditerranée, vers ce pays, ce pays de malheur qui arrachait le cœur de Papi, dans cette ambiance, de grue, de mer, de ferraille, dans cet endroit hors du commun, parce que rien ici n'est comme je le connais, et que je comprends alors que c'est ma faute, entièrement ma faute, si Gatien m'a si violemment dominée, que c'est moi qui ai donné le feu vert, que je me suis laissée faire, que je n'ai même pas essayé de me défendre, je ne sais pas parce que là, sur la mer, maintenant il n'y a plus rien de tout ça, de cette brutalité bestiale, subitement envolée, tout est si étrange et si intense, et c'est soudain inattendu, rien de prévisible, je reçois comme un poing dans l'estomac. Je suis tétanisée.

– Ça va, Ju ? me demande Alex.

Je hoche la tête.

– Julia, dit Alex en se tournant vers le garçon,

avant de s'adresser de nouveau à moi. Sofiane, il ajoute. La Casté en personne.

Sofiane rigole et me tend la main.

– Salut, Julia, enchanté, il me dit dans un sourire tendre qui me perce aussitôt le cœur.

– Allez, on file, enchaîne aussitôt Alex, ce qui d'un seul coup donne au temps une sorte d'accélération et me replonge directement dans la réalité.

– C'est pas une heure pour traîner ici, no man's land les amis, toute cette ferraille, je ne sais pas vous, mais moi ça me fout la pétoche. Et toi, Ju, t'as sûrement mieux à faire que de passer ton week-end dans les locaux de la BAC. Tu commencerais mal ta carrière d'avocate, ce serait dommage. Je m'en voudrais à mort de te faire ce coup-là.

Le temps s'est de nouveau ralenti, le silence règne dans la voiture. Alex s'endort à moitié sur le siège avant. Et lui, Sofiane, alors que je roule encore sur l'autoroute nord, lentement, longeant la zone commerciale du Grand Littoral, avec la nature tout autour, les fossés et les herbes folles, me dit :

– Alors comme ça tu veux devenir avocate ? C'est cool, la fac. C'est un truc qui me plairait bien, étudier, genre me choper un diplôme, un truc dans le management musical.

J'ai des freins dans la tête qui m'empêchent d'ouvrir la bouche, je pense à toutes ces fringues hors de prix avec leurs étiquettes qui dépassent des poches, sur le siège arrière, juste à côté desquelles Sofiane est assis, et je n'arrive pas à savoir si ce mec est sincère ou s'il est simplement en train de me baratiner. Je regarde furtivement son visage dans le rétroviseur. Sofiane paraît ailleurs, les yeux dans le vide, il fixe le paysage, loin, très loin, au-delà des barrières du périph. La lumière du jour naissant donne à son regard un reflet mordoré. Il a l'air triste. À mon tour, cette ambiance calme et lumineuse me rend mélancolique, et sa tristesse m'envahit. Le paysage file, le moteur ronronne dans un bruit régulier. Je ne pense plus à rien. Puis, soudain, je sens une onde de chaleur irradier ma nuque. Je lève les yeux vers le rétroviseur et je le vois qui me regarde et me sourit, et ça me vient comme ça, sans la moindre appréhension, sans le moindre doute, le plus naturellement qui soit, je lui souris en retour. En rigolant il dit :

– Tu as oublié de bifurquer, Julia, c'était là.

Je me rabats sur la sortie suivante, roule un moment sur une route défoncée, sans éclairage, Sofiane me fait prendre deux ronds-points géants, une voie rapide sur laquelle il me pousse à effectuer un demi-tour, puis il me dit de me garer devant un abribus dont les vitres sont brisées en mille morceaux. C'est le désert. Pas un bruit. Sur le côté, un ensemble d'immeubles sortant du bitume, avec leurs placettes et leurs arbres touffus.

Sofiane descend de voiture. J'ouvre ma portière tandis qu'Alex, affalé sur son siège, dort la bouche ouverte, et tout en restant assise au volant, je me tourne vers les tours. Je me déchausse et pose mes pieds nus sur le trottoir. Sofiane attrape une cigarette et de l'herbe dans la poche avant de son pantalon, me demande si ça me tente. Il prend appui sur le capot de la Cooper, déchiquette la cigarette, récupère le tabac et se roule un joint. Je ne bouge pas.

– C'est vraiment sympa de ta part, Julia.

Il me dit ça avant d'enflammer le papier à l'aide de son briquet. Il tire sur le joint. Le bout incandescent rougit et perce le petit jour. À ce moment, un goéland atterrit sur le trottoir d'en face, à quelques mètres de nous. Sofiane me regarde et me sourit.

– Tiens, il me dit en me tendant le cône imposant.

Je tire sur le truc et sens que ça me monte directement à la tête. Je tousse. Sofiane éclate de rire et, quand je le lui redonne, tire deux taffes coup sur coup. Il recrache la fumée épaisse. La tête penchée en arrière, il soupire en fermant les yeux. Le goéland monte dans une poubelle, fait tomber une canette de Coca, puis s'envole vers le ciel. Sofiane jette son mégot sur le trottoir et l'écrase sous sa Nike puis il s'avance de quelques centimètres, penche son visage vers moi.

À cet instant, les battements de mon cœur s'emballent. Sofiane pose ses lèvres sur ma joue. La pointe de sa langue effleure la surface de ma peau, le moment semble interminable. Il dégage sa tête sur le côté, pose sa main sur mon épaule et, avec son putain de sourire, me dit :

– Salut, Julia, j'espère à très bientôt, t'es cool.

Sofiane avance en direction des immeubles, son corps se faufile entre deux murets et se fond dans le paysage. Les jambes paralysées, le ventre en effervescence, avec la gorge qui me picote, plantée là à l'observer jusqu'à ce que sa silhouette disparaisse complètement de ma vue, je n'en reviens pas.

Le moteur ronronne, Alex dort toujours, et moi je suis immobile, incapable d'appuyer sur l'embrayage. Je retourne une dizaine de fois dans mon crâne ce baiser sur ma joue. J'enclenche la première, Alex se réveille.

– Merde, on est où, là ? il dit en sursautant.

– Au paradis, je lui réponds, dans un sourire que je sens immense et qui dévore mon visage.

Je passe en seconde, puis en troisième, Alex me regarde d'un air interrogateur avant d'émettre un petit rire encore plein de sommeil. J'appuie sur l'accélérateur et embraye la quatrième.

Il est déjà huit heures du matin quand on aborde le centre-ville, et j'ai envie de boire un alcool fort avant de regagner la maison. « Un whisky ou un rhum, peu importe », je dis à Alex, pourvu que ça me réveille. On s'arrête près de l'opéra, Alex râle parce que avec tout ce qu'on a dans le coffre, ce n'est pas très malin de se garer dans cette ruelle déserte. On s'installe sur une terrasse du Vieux-Port, dans le seul bar qui accepte de nous servir des ti-punchs à cette heure. Emmitouflés dans nos manteaux, lui dans sa doudoune, moi dans mon trench beige recouvert d'un châle en cachemire, bonnets sur la tête, on ne sent presque plus le vent pourtant glacial.

Alex sourit bêtement et brille par son silence, je continue :

– Les mecs de la Cayolle n'ont rien à voir avec Sofiane.

En lui disant ça, je ne peux m'empêcher de penser à cet air prétentieux et agressif qu'affichent tous ces types de la cité proche de chez nous, fiers de leur condition de merde, prêts à sortir un flingue sur le moindre coup de tête. Tous vulgaires, impulsifs, qui se prennent pour des lieutenants d'Al Capone. À cet air con qu'ils se donnent quand, avec leur tee-shirt ou un autre truc à l'effigie de l'OM, du Real ou du Barça, ils démarrent le plus bruyamment possible leur scooter, ou pire, quand ils se mettent à braquer la roue avant. Ils ne sortent jamais de leur périmètre d'habitation. J'allume une cigarette et, après avoir recraché la fumée dans l'air glacial, je dis en regardant les bateaux :

– Ce garçon est différent, il se fout complètement d'Allah et du foot, il n'a rien d'un fanatique enragé en devenir, encore moins d'un connard de macho. Il est bien trop beau pour ça. Trop délicat. Il est à part de toute cette merde. Je ne le connais pas mais j'en suis persuadée, ce mec a des trucs à dire.

Alex ne parle toujours pas, et je n'y résiste pas, je lui demande :

– Mais il y bosse vraiment au studio, ou c'est juste qu'il y connaît des mecs ? Et quel genre de rap il écrit ?

Alex soupire.

– Tu t'intéresses au rap, toi, maintenant ? C'est nouveau !

Je change aussitôt de sujet, en faisant remarquer à Alex que ça n'a pas l'air si effrayant que ça, cette cité, « encore un truc de journalistes », je lui dis.

– Ouais, il me répond en se marrant, enfin, Casté, ce n'est quand même pas un joli ensemble d'immeubles postmodernes au milieu de la verdure avec vue imprenable sur la Méditerranée. Julia, au cas où tu ne l'aurais pas encore capté, y a des mecs là-bas qui se tirent dessus, ce n'est pas que du cinoche, ma grande. Et Sofiane, il a l'air cool comme ça, et peut-être même qu'il est un peu moins con que la moyenne, sûrement d'ailleurs, mais il n'échappe pas à la règle. Désolé de te casser ton trip, Julia, mais à dix-neuf ans, ce mec a déjà six mois fermes derrière lui.

Tout ça me laisse un peu songeuse, j'en prends et j'en laisse. Alex commence à râler sérieusement car il ne pense qu'à une chose, rentrer chez lui, allumer le chauffage à fond, s'endormir. Mais j'insiste. Je veux rester là pour assister au départ des pêcheurs, et voir mon père.

– Mais, Ju, on ne va quand même pas attendre le lever du jour juste pour souhaiter un joyeux anniversaire à ton daron. On va crever de froid !

On boit deux ti-punchs. Je finis le paquet de cigarettes d'Alex. Des Camel sans filtre qui me brûlent la gorge. Puis on file.

Je me couche à l'heure où je dois me lever. En oubliant évidemment de récupérer au passage les oursins que Maman a commandés pour le déjeuner.

D'un coup, le sommeil vient. M'emmenant loin, loin des grues et des paquebots du port autonome. Loin de la cité.

Je rêve de Sofiane. Je lui tiens la main, lui me crie de sauter depuis le haut d'un rocher. Son regard noir m'enveloppe de douceur et fait monter en moi une vague de confiance. Je plonge et me retrouve sous les flots, prise dans des filets. Des centaines de poissons m'encerclent. Leurs yeux tout ronds me dévisagent. Je hurle. Aucun son ne sort de ma bouche. Soudain, je me retrouve dans les bras de mon père. Il porte son ancien casque de militaire. Ma robe d'avocate est collée au plastique jaune de son ciré. Je sens l'humidité ronger tout mon corps.

Quand je me réveille en sursaut, je suis trempée. Un instant, je me demande si je ne me suis pas pissé dessus. Je me dégage de ma couette avec difficulté. Mon corps est lourd, ma tête me fait terriblement mal. Je réussis finalement à m'extirper du lit.

La lumière du soleil a déjà envahi la chambre. J'ouvre la fenêtre. Je sens sur mes joues l'air froid et sec de l'hiver, et je me fais la réflexion qu'il va faire beau aujourd'hui. Je ne sens plus mon mal de tête à cet instant.

Je suis debout sous la douche. Le jet d'eau roule le long de ma nuque. Tiède, presque réconfortant. Je me remémore les quelques images de la nuit. Mais elles m'échappent déjà, et seule la main de Sofiane reste accrochée à la mienne. Et tout à coup j'ai peur. Peur de ce qui pourrait m'arriver. Je prends conscience que Sofiane me plaît. Qu'il m'attire. Et que ça n'a ni queue ni tête. Un mec des cités, un Arabe en plus. *Laisse tomber, Julia.*

Il est onze heures. Je suis devant la porte de ma chambre, en train de me sécher les cheveux avec une serviette. Au loin, dans l'entrée de la cuisine, je vois Maman, debout, de profil, avec sa robe moulante qui lui boudine la taille, campée sur des escarpins pointus mal coupés, tenant une cigarette et une tasse de café. Son visage est défait. Elle semble avoir pleuré, son rimmel a bavé et laissé des traces sur ses joues. Papa est là, de dos, en train de faire fonctionner la machine Nespresso. Il porte sa polaire usée, son jean dégueulasse taché de sang qui empeste l'odeur de poisson. Je m'avance vers eux. En m'apercevant, Maman se redresse et relève le menton, elle se tourne vers moi. Sa peau qui déborde. L'imprimé de sa robe, son rouge à lèvres outrancier, son brushing impeccable.

– Je croyais que tu dormais chez ton nouveau petit copain. Visiblement, ça n'a pas duré longtemps, dis-moi.

Je la contourne en lui disant « Bonjour, Maman », me dirige vers Papa pour l'embrasser et lui souhaiter un joyeux anniversaire. Sa main épaisse et large appuie sur le bouton « arrêt ». Il soupire et, avec un discret mouvement de sourcils, s'adresse à Maman, plantée deux mètres derrière moi :

– Faut que j'y aille, il dit.

Maman se tourne vers la table de cuisine, où est posée *La Provence*. J'ai le temps de voir la première page, une photo d'une voiture accidentée au milieu des roches, dans la pinède, avec des véhicules de la gendarmerie, et au-dessus un gros titre : « Cette nuit, mort accidentelle sur La Gineste de trois étudiants ». Je n'arrive pas à décoller les yeux du journal, j'ai un mouvement de panique et relève la tête, un frisson parcourt ma colonne vertébrale lorsque les yeux de Papa croisent les miens et qu'il me lance subitement un regard noir accusateur. Et devant cet homme bourru, aux cheveux secs et hirsutes, à la peau tannée par le soleil, aux rides pleines de sel, je baisse la tête. Papa s'avance vers la table, prend le journal.

– J'ai des filets à poser et une livraison de dorades à faire. Ne m'attendez pas avant treize heures.

Je relâche la pression.

Papa se tourne vers Maman, il lui dit :

– File-moi ce recommandé, calme-toi et repose-toi, je vais parler avec Jacques. Il saura quoi faire.

– C'est tout ce que tu as à me proposer ? Qu'est-ce que tu crois, elle lui répond, écrasant nerveusement sa cigarette dans sa tasse, que je ne suis pas capable de m'en occuper moi-même ? Je n'ai besoin de personne, tu m'entends, Paul ? Je vais me démerder, seule, comme toujours. Je vais dire à Maryline de se dégoter un arrêt maladie et je vais négocier un échéancier avec ces charognards. Ils finiront bien par m'oublier, ils passeront à autre chose. La voilà, la solution. Et ne me dis pas ce qui est bon pour moi, arrête avec ça s'il te plaît, je suis assez grande pour savoir ce que j'ai à faire, je n'ai plus seize ans.

Maman finit sa phrase d'une voix pleine de sanglots, tout en suivant du regard Papa, qui se dirige vers le vestibule d'entrée. Il claque la porte derrière lui, et aux tremblements qui agitent maintenant les mains de Maman, je comprends que je ferais mieux de rejoindre tout de suite ma chambre. Les yeux de Maman s'immobilisent, puis son corps tout entier. Je sens que ça n'est qu'une question de secondes avant que tout explose. Sans attendre, sans un mot ni une question, je file.

Je m'assois face à mon bureau, j'allume mon ordinateur, consulte les messages sur mon téléphone. Maman s'introduit tout à coup dans la pièce, sans frapper, avec sous un bras un gros tas de draps sales, et dans l'autre un panier à linge. Elle a retrouvé tout son aplomb et parle fort :

– J'ai une machine à faire tourner, si tu as du linge à laver, c'est maintenant que ça se passe.

Je ne réagis pas. Elle reprend de plus belle :

– Ça se voit que ce n'est pas toi qui paies les factures. Les machines, ça consomme, mais évidemment, toi, tu n'en as rien à foutre.

Mon portable vibre. Deux messages apparaissent coup sur coup. Elle se met à hurler :

– Tu vas redescendre sur terre, Julia ! Direct, tu m'entends ? Et pour commencer, j'aimerais que tu prennes l'habitude de ne pas te comporter comme une petite égoïste qui ne pense qu'à elle. Tu vis encore ici que je sache, alors tu participes, merde. Tu m'avais promis, pour les oursins ! Comment je vais faire moi, maintenant ?

Et elle éclate en sanglots.

Je voudrais parler à mon tour, trouver une excuse qui en vaille la peine, tenter un mot gentil et rassurant, mais elle me prend de court en déposant énergiquement juste sous mon nez sa corbeille à linge. Son geste est d'une telle force qu'il fait voler aux quatre coins de la pièce la plupart de mes papiers et stylos. Un détail la déstabilise car soudain elle hurle à nouveau :

– Comment peux-tu travailler dans un tel bordel ? Il faut que tout ça change, Julia !

Je replonge le nez vers mon portable. Mon écran n'arrête pas de clignoter.

Dans son premier message, Gatien me demande où je suis passée, dans un autre il me rappelle que ce soir il fête ses trente piges habillé tout en blanc. Il m'écrit que je suis la bienvenue. Moi et mes petits sachets.

Quand je relève les yeux, elle crie :

– Ça suffit, maintenant, merde, qu'est-ce que tu crois ? Que la vie c'est ça, dépenser du fric qui ne t'appartient même pas, s'amuser, rentrer à pas d'heure, fumer ? Et ne me dis pas le contraire, si tu crois que je ne te vois pas, à traîner avec ce vaurien d'Alex, qui passe sa vie à attendre que ça lui tombe du ciel. J'ai encore trouvé ça dans ton cendrier, Julia, cette drogue de bicots, de bons à rien.

Elle lève la main, brandit un mégot, me le balance à la tête.

– Ne t'avise pas de foutre les pieds dans cette cité de merde, tu m'entends, c'est un ordre ! Un jour ou l'autre, ça tournera très mal. T'es plus une ado, maintenant, c'est fini les conneries, maintenant, c'est fini !

Je me lève et crie à mon tour :

– Je t'interdis de fouiller dans mes affaires ! De quel droit, merde !

Surprise par ma réaction, dans une superbe volte-face Maman attrape la poignée de la porte et me dit, prête à repartir aussi vite qu'elle est entrée :

– J'ai à peine une heure pour préparer le buffet avant qu'ils arrivent tous, il vaudrait mieux pour toi que tu fasses un peu de ménage dans cette porcherie, et que tu te démerdes pour récupérer les oursins. Sinon, je ne te donnerai plus rien, t'iras travailler au Casino du coin pour t'acheter tes fringues hors de prix, tu m'entends ? Tu feras la caissière, ça t'apprendra la vie, rira bien qui rira la dernière.

Hypnotisée, j'aperçois le déroulé de son foulard rouge vif. Il court après sa silhouette tachetée, comme s'il avait peur d'être abandonné par sa maîtresse.

À présent, une odeur âcre remplit chaque millimètre cube d'air de ma chambre. J'ouvre en grand les fenêtres, fouille dans mes tiroirs et, au milieu de mes carnets, retrouve un sachet en plastique contenant un peu d'herbe. D'une traite, j'avale la fumée à l'aide de l'une des petites pipes qui traînent près de mon ordinateur. Je tousse. Fort. Et j'entends un bruit sec venant du salon.

Comme si quelqu'un avait frappé sur un mur avec ses deux mains, ou y avait balancé un objet lourd et dur – le cendrier, peut-être.

Je branche mon casque d'ordinateur. Je mets la musique à fond, puis j'envoie un texto à Alex, lui demandant si je peux passer le voir dans une heure. « J'ai encore besoin de b pour ce soir, un peu beaucoup en fait, j'ai l'argent. »

Alex me répond aussitôt : « Toujours pour ton yuppie, ça tombe bien, j'avais prévu cette aprèm d'aller à la Casté retrouver Sofiane et ses potes au studio. Je vais m'arranger, Sofiane connaît tout le monde là-bas, et la coke, c'est pas ce qui manque. » Et c'est instantané : je n'ai plus du tout envie de retourner en ville chercher ces oursins de malheur, me taper une demi-heure de voiture, revenir à la maison. Me farcir cet anniversaire pourri, leurs potes au pastis, en train de s'avaler du saucisson.

Il fait chaud dans le salon minuscule, ils y sont tous agglutinés. Sur la table basse décorée de napperons en papier blanc que Maman a déposés à côté du plateau d'oursins, avec les flûtes, il y a des bouteilles de champagne, une tasse de café pleine, des papiers, des cartes marines, une paire de jumelles et une casquette délavée, pleine de sel, aussi raide que du carton. Je sors dans la cour respirer l'air frais. Accoudée à la table en plastique, j'entends Papa, à l'intérieur, qui converse sur la vie avec cette bande d'ivrognes en train de s'empiffrer de tranches entières de jambon cru. Je me ronge les ongles en regardant mon iPhone et les saucisses qui grillent sur la plancha. Je colle mon nez à l'écran, vérifie toutes les deux secondes si je n'ai pas reçu un texto. À part une dizaine de messages en absence de Gatien, rien, et à un moment ça en devient presque physique, j'ai comme des bouffées de chaleur qui montent et me rattrapent, je trépigne, j'ai maintenant ce taré de Gatien dans la tête, je me dis que je vais le prévenir, celui-là, que je ne vais pas le faire, son stage de secrétaire, que ses clés je n'en ai rien à foutre, mais vraiment rien. Je regarde de nouveau mes messages, un vieux texto d'Alex datant d'hier, merde.

Entre deux envolées verbales, Papa dévisage Maman, dit qu'il n'y a bien que la nature qui ne ment pas. Elle se lève en tirant sur sa jupe et me rejoint en tortillant des fesses.

– Julia, elle crie à la cantonade, ce serait trop te demander d'aller dans la cuisine préparer les bougies ?

Puis, la bouche à deux millimètres de mon oreille, elle me siffle d'un ton sec et presque sourd :

– Je ne sais pas, tu pourrais au moins faire semblant, être un peu avec nous, arrêter avec ce maudit téléphone.

Maintenant, les autres ploucs la matent en bavant sur leur bide, et elle, elle s'allume une cigarette en recrachant la fumée par les narines, se sert un verre de blanc avec la bouteille posée à côté des fourchettes géantes pour retourner tout ce graillon suintant, faisant comme si elle ne remarquait pas les dix regards braqués sur ses fesses, sans pouvoir pour autant s'empêcher de les leur balancer pile sous la gueule. Un des types se lève, un mec que j'ai déjà vu traîner sur le bateau de Papa, ou dans ce PMU près du port, je ne sais plus, un mec qui travaille au service juridique de la mairie et que j'ai réussi jusqu'à présent à éviter, malgré les soupirs exagérés de Maman chaque fois qu'elle a tenté de me le présenter, du genre bavard et particulièrement collant, avec sa paume de main moite, ses cheveux noir corbeau aux reflets artificiels. Il porte autour du cou une chaîne en or avec une petite branche de corail, des palmiers sur son tee-shirt jaune et rouge. Maintenant qu'il s'est placé entre elle et moi, il passe un bras autour de la taille de Maman en lui racontant une vanne à deux balles, puant le pastis à plein nez, et ça m'écœure au point presque de me donner la nausée. Son ventre dépasse de son pantalon et frôle mes hanches. Je le sens, et je ne sens plus que ça, je ne peux rester en place une seconde de plus et je dis à Maman que je suis fatiguée, qu'il faut bien que je me repose si je veux être en forme pour assurer, lundi, dans ce cabinet d'avocats.

– Tu sais, mon stage. Je t'en ai parlé, Maman. Tu n'as pas oublié, quand même ?

Maman me dévisage, les yeux grands ouverts, interrogateurs, me fait un signe de tête inquiétant. Je hoche le menton, lui souris et lui lance :

– Je vais chez Alex, Maman, j'ai encore un ou deux TD à finir.

Le mec glisse la main vers ses fesses, elle rigole bruyamment et, d'un air faussement détaché, me répond :

– D'accord, comme tu veux, chérie.

J'enfile mon trench. Papa se redresse, et tout en me voyant ceinturer l'imper et attraper mon sac à main, il parle de plus en plus fort, vide son verre à grandes gorgées. Lorsque je pose la main sur la poignée de la porte et que je jette un dernier coup d'œil vers le salon, je le vois qui braque les yeux en direction de Maman, puis pose son verre bruyamment sur la table basse et se dirige vers la cour, fonçant droit vers l'autre mec, ses cheveux teintés et son tee-shirt taché d'auréoles sous les bras.

Je ne suis pas mécontente d'avoir refermé à temps la porte derrière moi et échappé à cette mascarade pathétique. Une fois que je me retrouve debout sur le trottoir, appuyée au capot de la Cooper, j'appelle Alex pour savoir où il en est.

La voix du présentateur à la radio s'envole, j'appuie sur la fonction « off », et charge une playlist préenregistrée sur l'iPad. Je scrute brièvement mon visage dans le rétroviseur. Les taches de rousseur sur le bout de mon nez paraissent plus nombreuses que d'habitude, la couleur de mes cheveux tranche avec ma peau laiteuse, j'ai les traits tirés, des petites rides au coin des yeux. Je me recule de quelques centimètres, contre l'appui-tête du siège conducteur. Je passe une main sur ma nuque et relève mes cheveux. Dans le rétroviseur se reflètent les paquets déposés sur la banquette arrière, ces sacs multicolores de fringues de marque qui s'entassent les uns sur les autres et que je n'ai toujours pas rapatriés chez moi. Je démarre.

Je roule sur l'avenue étroite en faisant crisser les pneus sur le revêtement cabossé. Le dernier virage franchi, je rejoins la route principale qui longe le cimetière. Le soleil en pleine face m'inonde le visage. Je sors mes Gucci et actionne la fonction « décapotable ».

Je récupère le Prado, passe deux ou trois feux orange et finit par atteindre la voie rapide en direction des quartiers Nord. La musique s'enclenche.

La route est dégagée. J'allume un joint, mes épaules se détendent. J'accélère, m'engage sur la voie du milieu. Nous sommes samedi après-midi, et à part moi, aucune meuf aimant se balader seule au volant d'une voiture clinquante et neuve ne semble avoir le projet d'aller en direction de Babel Nord. Ça me rend heureuse d'un seul coup, et assez fière de moi, je n'ai pas un brin d'appréhension dans les veines. Le vent emmêle mes cheveux, je les entortille d'une main pour former un chignon. La voix suave de Lana Del Rey se fait entendre. Je monte à fond le volume.

Le périph atteint, les panneaux de limitation de vitesse indiquent soixante à l'heure, je décélère et sors à Saint-Henri. Je roule à présent au pas. Le *bip* du téléphone annonce un nouveau message de Gatien. Je compose le numéro de ma messagerie. « Dis-moi, ma belle, ce serait bien que tu répondes quelquefois à mes appels. Ce n'est pas sympa de disparaître comme une voleuse, on aurait pu discuter. T'es vraiment qu'une sauvage. Refais surface, s'il te plaît. J'y suis allé un peu fort hier soir, désolé, je le regrette, sincèrement. » Puis un blanc, et sa voix reprend : « Ce soir, t'oublie pas, OK ? C'est ma *white party*, chérie, ce n'est pas rien quand même. Si aussi tu pouvais ramener un peu de beuh, je n'ai pas vraiment envie de déserter la villa de Maman, avec tout ce que j'ai à faire, la déco et tout... Prendre la bagnole, me retrouver au milieu de ces tours, c'est au bout de mes forces, crois-moi... Et puis j'ai passé l'âge, tu vois. Non merci. Je ne sais pas comment tu fais, trimballer ta jolie silhouette au milieu de ces fous furieux décérébrés. Ne même pas prendre la peine de planquer ton sac pour dealer avec ces connards en jogging et leur sacoche en bandoulière, rien que d'y penser, rien qu'à les imaginer glisser leur main dans ta main, j'en frémis... Y a Lola, Vic et Justine cette aprèm, ils viennent m'aider à inventer les cocktails, histoire qu'on ait le temps de se détendre un peu sur les canapés, qu'on goûte le rhum bois bandé. Allez, je déconne, ramène-toi, ça va être sympa... »

... Et, comme débarqués de nulle part, deux motards de la police municipale me suivent de très très près. Ils me font signe de me rabattre sur la bande d'arrêt d'urgence. Je planque mon mégot dans la boîte à gants, puis obtempère.

La fenêtre avant descend dans un bruit sourd et régulier. Les types casqués soulèvent leur visière et me dévisagent, sans expression. J'ai le cœur qui me remonte dans la gorge à mille pulsations-minute.

– Vos papiers, mademoiselle.

– Bien sûr.

J'opte pour une attitude faussement relax, sens l'odeur de l'herbe planant encore autour de moi, ébauche un sourire que malgré tout je perçois comme un peu trop forcé, et me penche côté passager, où est posé mon sac à main. Mes fesses décollent du siège, l'air s'engouffre dans mon jean, je crains que l'élastique de mon string ne dépasse légèrement, que le petit papillon tatoué au creux de mes reins ne frissonne sur ma peau au contact du vent. Je reste extrêmement concentrée, à essayer de mettre la main sur mon permis de conduire et ma carte grise, mais bien que je tourne le dos aux deux molosses et que j'aie l'oreille collée à deux centimètres de la baffle d'où sort le son, il me semble entendre un léger sifflement venant de l'extérieur de la voiture. J'ai soudain, en mon for intérieur, comme un sentiment de doute qui s'immisce insidieusement et se met à tourner à mille à l'heure dans ma tête. J'ai chaud, du mal à trouver mes papiers, mais je continue à fouiller comme si de rien n'était.

– Veuillez m'excuser, je leur dis sans me retourner, j'ai une fâcheuse tendance au désordre.

Je farfouille dans mon sac. *Je les ai,* je me dis. *Pas d'inquiétude, j'ai juste un grand sac avec beaucoup trop de choses à l'intérieur, mais je les ai.* J'insiste :

– Excusez-moi, messieurs, je vous prie, juste une minute. Ce ne sera pas long. Vous savez ce que c'est, les femmes et leur sac... Ah, ça y est, les voilà.

Je me retourne et leur tends la pochette en cuir bleu marine assortie au noir métallique de la Cooper. Ils me demandent de baisser la vitre arrière, jettent un coup d'œil sur la banquette.

– Oui, j'ai fait un peu de shopping...

Un des policiers, le plus jeune, celui qui a le

teint hâlé et le cheveu gominé, appuie son coude sur le toit de la voiture, se tourne vers l'autre et lui dit :

– Ma femme rêve justement d'un blouson de cette marque, mais un mois de salaire, je lui ai dit que ça faisait un peu trop. Qu'est-ce que t'en penses, toi, Gérard ?

Gérard, lui, se marre, et se penche vers moi comme s'il envisageait d'ouvrir la portière, rentre son ventre, tousse pour s'éclaircir la voix et dit :

– Votre papa, il est au courant que sa p'tite chérie aime traîner dans les quartiers Nord ? Non, parce que peut-être qu'il vaudrait mieux qu'on l'appelle pour qu'il vienne vous chercher, qu'est-ce que vous en pensez ?

Je ne dis rien, me contente de le dévisager. Il reprend :

– À moins que vous préfériez qu'on vous escorte, qu'est-ce que vous en dites ? Vous n'êtes peut-être pas au courant, mademoiselle, mais il y a pas mal de vilains garçons qui rôdent dans le coin et qui adorent manier la kalach. Vous ne lisez jamais les journaux ?

À son tour, il me fixe intensément, c'est tout juste s'il ne se met pas à ricaner. Je ne bouge toujours pas d'un cil, je maîtrise mes traits, sans expression, mais à l'intérieur mon cœur palpite. Puis finalement il se redresse, et c'est tout. Un mauvais flip pour rien. Pas de ceinture, usage du portable au volant, dépassement de vitesse, pourtant même pas de points retirés, même pas une amende, même pas une petite fouille approfondie à l'intérieur de mes poches, même pas le rouleau de jolis billets découvert caché entre deux tops en soie sauvage.

Les flics se marrent et, avant de remonter sur sa moto, le plus jeune, ses gants à la main, s'adresse une dernière fois à moi :

– Ça a l'air sympa, ce que vous écoutez.

Lana Del Rey chante « Dark Paradise ».

– Bonne journée, mademoiselle. Vous devriez rabattre votre capote, une mauvaise maladie est si vite arrivée, il ajoute en ricanant.

Mon cœur semble retrouver un rythme supportable et, les mains accrochées au volant, je les regarde baisser la visière de leur casque puis enfourcher leur deux-roues, avant de m'allumer une cigarette. Ils démarrent, s'engagent sur la voie rapide, disparaissent aussi vite qu'ils sont apparus. J'appelle direct Alex : « ... des connards, rien que des connards, Alex. »

« Eh, qu'est-ce qu'il te prend, il me répond, t'es bien énervée... Les flics c'est par définition lourdauds, Julia. J't'envoie l'adresse du studio. De toute façon, prends ton temps, on est relax, à la cool, on bidouille des morceaux. »

Je gare la Cooper à cheval sur le trottoir. Face à ce bloc en crépi verdâtre situé au pied de la cité, je me dis que décidément Alex ne fera jamais rien pour se bouger un peu, qu'il végétera et que sa musique ne le mènera de toute façon nulle part. Ce bâtiment minable, c'est ça, le Studio Treize ? Elle est bonne celle-là. Depuis combien de temps il me répète que c'est pour bientôt, les States, Alex ? Et pourtant, il n'y a jamais foutu les pieds, aux States. Même pas un week-end à Paris. J'entre sans frapper.

Enfoncés dans les coussins d'un canapé, leurs têtes perdues dans une fumée épaisse, sourires béats et les yeux plongés dans les écrans, avec des boîtes de McDo éventrées à droite à gauche, ça pue la frite molle mêlée à l'odeur du shit, tout juste s'ils lèvent le regard vers moi. Sofiane reste avachi sur son iPhone. Je tousse, je dis à Alex que je suis pressée, que je ne fais que passer. Qu'il faut que je me prépare, j'ai une soirée, qu'il me faut la coke, maintenant. Je lui tends les liasses de billets et, à cet instant, Sofiane se redresse, me regarde et affiche un sourire interrogateur.

– Merde alors, il dit, c'est à toi tous ces billets ? Comment t'as fait pour récupérer tout ce fric, t'es incroyable ?!

Et il s'avance vers moi en m'observant de ses yeux noirs et pétillants, et le nuage gris opaque au-dessus de ma tête s'évapore instantanément. J'ai la sensation de fondre à son contact.

– Cette petite soirée dont tu parles, ça pourrait ressembler à quoi ? Non, parce que j'adore danser, figure-toi.

Et on plaisante, et tout devient soudainement planant, même les autres types autour de nous, avec leur humour lourd, même cette ambiance d'adolescents attardés qui bricolent sur leurs joujoux high-tech. On parle de la prochaine session sound system à laquelle aimerait participer Alex, dans un hangar près de la Joliette, et Sofiane semble totalement en phase avec moi. Il me propose une tasse de thé, on s'installe tous les deux dans un coin du studio, sur des coussins, l'un à côté de l'autre, collés-serrés, à demi allongés, on parle, on parle. Et je ne sais pas comment on en arrive là, à ce stade de confidence, à cette espèce de frontière qui fait valdinguer toutes les barrières du monde, il m'avoue qu'il s'est fait choper l'année dernière avec un peu de dope. Il doit faire gaffe, pas trop de conneries, ne veut plus passer son temps en prison avec tous ces mabouls. Il espère mieux de la vie, la musique il y croit, ça peut, qui sait, l'emmener loin, très loin.

– J'aimerais bien créer mon propre label, il me dit, mais ailleurs, me tirer de ce bunker.

Je repars vers le centre-ville, quittant les quartiers Nord par l'autoroute qui borde le littoral, la radio en bruit de fond, ma petite enveloppe kraft planquée sous mon siège, en pensant à Sofiane. Je fume un mix californien glissé par lui dans la poche arrière de mon jean, avec sa main si douce, qu'il a posée à un moment sur ma joue, juste avant que je ne referme la portière de la Cooper.

Cette herbe me fait pas mal d'effet. J'ai le choix. Foncer tout droit le long des quais et rejoindre Gatien et les autres, ou bifurquer à gauche et retourner à la maison. Tout en écrasant mon mégot dans le cendrier de poche posé sur mon tableau de bord, l'idée de me retrouver le restant de l'après-midi bloquée dans une villa de deux cents mètres carrés avec un pervers narcissique qui me tourne autour me semble soudain complètement absurde.

La circulation est dense mais fluide. Je me demande comment Sofiane peut me plaire autant. Je trouve la noirceur de ses yeux troublante, elle me transperce. Elle a un éclat particulier, une flamme pleine de fougue. J'ai du mal à me dire que ce mec a pu passer par la case prison, il est si beau. Si frais. Soudain, je sursaute. Quelque part dans la file, un mec klaxonne, puis un autre, celui qui roule derrière moi, et qui me fait des appels de phares. Je regarde les chiffres lumineux sur mon compteur, « 30 km/h », et une Renault aux portes avant à moitié défoncées me double. Sur le trottoir, une femme aux cheveux gras attachés en chignon avec une pince en plastique vêtue d'un jogging rose et d'une paire de baskets cloutées qui s'apprêtait à traverser hurle « Enculé ! », rabattant in extremis une poussette canne où un gamin frisé roupille, la bouche à demi ouverte.

J'accélère en continuant tout droit. Le port de plaisance passé, je prends la direction de chez moi.

Heureusement, ils ont tous déserté le salon. J'entends quelqu'un ronfler.

Maman n'a même pas retiré ses escarpins. Le corps enfoncé dans son couvre-lit rose synthétique, inerte, lourde, un filet de bave qui s'échappe de sa bouche, elle me fait presque pitié. Je prends soin de refermer la porte le plus silencieusement possible et m'enferme à double tour dans ma chambre.

La fin de l'après-midi file sans que je m'en aperçoive, mon téléphone en mode vibreur, allongée sur le lit, à fumer pratiquement tout ce que m'a refourgué Sofiane, avec le drap qui colle à ma peau, les yeux mi-clos, ignorant les appels intempestifs de Gatien. À mon tour, le sommeil me rattrape.

Quand je me réveille, dehors il fait nuit, la lune presque pleine éclaire de sa lumière froide l'obscurité. Debout devant la baie vitrée du salon, je devine la table de jardin rangée et nettoyée au milieu de la petite cour, les parasols par terre, le barbecue dont la grille sale n'a pas été retirée, et, au fond, la maisonnette où ils ont entreposé les affaires de Papi.

J'attrape un paquet de biscuits dans le placard de la cuisine, je mets de l'eau à chauffer pour me faire un thé et je zone dans le salon. Je regarde avec détachement les poufs rouges, la moquette grise épaisse, les nouveaux rideaux fuchsia que Maman est si fière d'avoir dégotés en solde chez Carrefour, l'écran géant de télévision sur le petit meuble. La table basse en plexi, débarrassée et astiquée à mort.

Je m'assois sur le canapé en cuir, je soupire, mon regard se pose sur la table, puis sur la cour et de nouveau sur la maisonnette.

La bouilloire siffle. Je me lève. Je bois mon thé attablée dans la cuisine. Le liquide est trop chaud, en prenant la tasse je manque de me brûler, renversant du thé sur mes cuisses.

Ma tasse à la main, je regagne le salon, passe devant la télé et dans un geste machinal appuie sur les boutons de la télécommande. Des images silencieuses défilent, un petit immeuble situé au croisement de deux ruelles, des hommes qui trimballent une sorte de brancard, un corps recouvert d'un drap blanc, des voitures de police, un camion rouge marqué « SMUR Ville de Marseille ». Je m'assois sur le canapé, juste en face de l'écran, monte le son et ne bouge plus. Je me laisse envahir par ce sentiment bizarre, un mélange de curiosité et de peur. Quand le générique de fin défile, j'éteins la télé, de nouveau je jette un coup d'œil à travers la baie vitrée, en direction de la cour. Je n'ose plus me lever, j'entends de drôles de bruits dehors dans la nuit, l'ambiance autour de moi sent la mort, j'ai peur de me retourner et d'apercevoir le fantôme de Papi, son flingue à la main.

Je prends une grande inspiration, attrape mon téléphone. Je consulte ma messagerie. J'ai dix messages de Gatien, il me demande pourquoi je ne suis pas encore là. J'essaie de chasser de mon esprit cette angoisse qui d'un seul coup me saisit le ventre. Après tout, qu'est-ce que j'en ai à foutre de leurs histoires de vieux, de leur petite vie minable, effroyable. Je ne veux plus en entendre parler, pour rien au monde, tout mais pas ça. Je me jette dans la cuisine, déchire le paquet de biscuits et les avale un à un sans même prendre le temps de les mâcher. Je repense à cette coke que j'ai maintenant dans mon tiroir et à la petite marge que je compte bien négocier. Tout cet argent que je vais pouvoir me faire. Gatien en a largement les moyens.

La musique résonne à fond dans mes écouteurs. Un casque sur la tête, j'enfile en quatrième vitesse mon jean noir. Je me lave le cou et les aisselles avec un gant, me parfume de musc. Je prends le tee-shirt le plus moulant qu'il me reste dans mon armoire, choisis la paire d'escarpins rouges aux talons effilés que je viens d'acheter, un peu trop hauts quand même, mais qui sont tellement beaux. Je m'accroupis et tire le tiroir de sous le lit, compte mes billets et attrape les doses de cocaïne, en laisse deux, trois, bourre les autres dans mon sac, referme le tiroir et le dissimule avec le bas de la couette.

Gatien organise sa *white party* dans l'immense villa de sa mère, qui surplombe la corniche Kennedy. Au moment où je m'apprête à sonner, je regarde mon portable, « 23:00 » s'affiche sur mon écran, en même temps qu'un message envoyé par Papa me proposant de l'accompagner en mer au petit matin. Il m'écrit que ces moments passés juste tous les deux lui manquent. Quand je relève la tête, un grand type que je ne connais pas sort de la villa. Habillé tout en noir, comme un croque-mort, il me fait une drôle d'impression. Je pose la main sur mon sac, comme pour vérifier qu'il est toujours là, bien calé sur mon épaule, et je franchis la porte d'entrée.

Gatien s'est surpassé. Surtout en ce qui concerne l'éclairage. Une lumière rouge diffuse teinte le rez-de-chaussée et donne à l'ensemble une tension sexuelle troublante. Tout est attirant. Les murs le long desquels je marche. L'air que je respire. Cette villa, moderne, anguleuse façon Mallet-Stevens, ressemble maintenant à une gigantesque vague de désir. Il y a des gens habillés tout en blanc dans chaque pièce. Aucun ne parle, tous dansent sur un son planant, seuls avec eux-mêmes, jouant des ondulations quasi érotiques de leur corps. Les basses de la sono, et moi qui avance vers la pièce centrale, avec cette drôle d'impression de n'être que le personnage d'une histoire, une fille perdue, en train de marcher seule, portée par le rythme de la musique. Je quitte la réalité. Mais je ne suis pas la seule. Gatien se tient debout devant le bar, comme s'il était ici depuis toujours, à attendre que j'arrive pour s'animer. Premier geste, il me tend les bras, se déhanchant sur les sons électroniques. Deuxième geste, il s'empare de mon corps, me serrant fort contre lui. Troisième geste, il m'entraîne dans une danse langoureuse en laissant descendre ses lèvres sur la peau moite de mon cou. Je tourne avec lui, ferme les yeux. Je me laisse faire.

– On sera mieux dans ma chambre, Julia. Viens. Ne sois pas bête. Viens.

Et nous montons l'escalier de marbre, prenant appui sur la rambarde de fer forgé, traversons le long couloir en coursive et entrons dans une chambre.

Au centre de la pièce trône un grand lit. Gatien verrouille la porte derrière nous. Il plaque son grand corps contre le mien, me faisant reculer ainsi jusqu'au mur. Je rigole, mais j'essaie en vain de me défaire de son étreinte. Je sens son sexe se durcir au contact de mon corps. Les muscles de mon pubis se crispent. Le venin du plaisir qui s'empare de mon bas-ventre malgré moi. Ce liquide qui se forme dans mon sexe. Et soudain, j'ai cet accès de violence qui monte en moi. Je le repousse avec mes coudes.

Gatien ricane en me fixant du regard. Je me dirige vers le lit, m'y assois et, doucement, en allongeant chaque seconde avec chacun de mes gestes, je déverse le contenu de mon sac. Un tas de petits sachets de papier aluminium brille maintenant au milieu des poils soyeux de la couverture en fausse fourrure. À son tour, Gatien se jette sur le lit. Agrippant mes hanches, il me dit :

– Julia, merde, à quoi tu joues ?

Puis il enfonce son visage dans la masse argentée, avant de faire tomber les sachets en une pluie métallique. Je ricane à mon tour. J'ouvre l'un des sachets, le fais passer sous le nez de Gatien. Il se met à me supplier.

– Donne-le-moi, s'il te plaît.

– Le fric avant, il m'en faut encore, encore plus, je dis en plaisantant.

– Tu es une vilaine garce, Julia, ton visage d'ange ne trompe personne.

Il se relève et se dirige vers une commode en acajou. D'un geste brusque, il ouvre le premier tiroir, et la main pleine de billets, il se retourne en disant :

– Si tu voulais te laisser aller, ce serait tellement plus simple.

Et là, je ne sais pas ce qui me prend, c'est comme si je n'étais plus moi. C'est comme si la bête en moi s'était réveillée, comme si j'étais devenue une autre, que j'avais emprunté l'identité de cette femme blonde qui ne se souciait guère que, enfant, je puisse la voir baiser à travers la fente de la porte entrouverte. Une autre se lève et s'avance vers lui, roulant du bassin à en enflammer l'air de la pièce. Je l'embrasse à pleine bouche, glissant ma langue contre son palais, puis contre ses dents. Mes allées et venues, mon corps contre son corps. Lui qui se met à bander. Et j'arrête tout. Net. En un claquement de doigts. Je m'empare de l'argent, que je mets direct dans une des poches avant de mon pantalon, et je m'enfuis. Le laissant seul debout contre la commode. Muet.

Je danse le reste de la soirée. Il y a beaucoup de monde. Beaucoup. Gatien est très occupé, et moi, je pense à Sofiane, et je danse, au milieu de la foule blanche, comme si j'étais seule. Avec Gatien au loin, dont je sens de temps en temps le regard lourd se poser sur moi, et moi qui ramène aussitôt Sofiane dans ma tête. Sofiane qui glisse sa main dans la poche arrière de mon jean en me souriant.

Quand finalement je décide de partir, le jour n'est pas encore levé. Je marche vers ma voiture, garée à quelques rues de la villa. Une fois que je me retrouve immobile devant le véhicule, le regard en direction du bord de mer, j'appelle mon père.

Assis sur le rebord du quai, Papa m'attend. Je l'embrasse, sa peau est glaciale.

– J'ai failli partir sans toi… Ta mère m'a tout raconté, ce stage chez ce soi-disant avocat. Tu rêves, Julia. Si tu as besoin de te faire de l'argent, tu me demandes, et je me démerderai. Je t'en trouverai, du boulot. Et c'est qui ce type ? Comment tu t'y es pris, dis-moi ? T'étais chez lui, c'est ça ? Ta mère s'inquiète pour toi. Tu devrais la ménager. Elle est sur les nerfs en ce moment. Elle est fatiguée. Vieillir, pour une femme, ça fait un choc, tu verras, c'est encore loin pour toi tout ça, mais tu verras.

– Je t'en prie, Papa, si on y allait ?

Je monte sur son bateau et m'installe dans la cabine, le seul endroit où je peux m'allonger sans gêner ses mouvements. Je me cale au milieu d'un tas de bâches épaisses aux couleurs délavées. Et je m'endors, avec pour dernière image Papa de dos, en train de piloter, sa silhouette massive fondue dans le creux de la coque en bois, comme si elle s'enfonçait dans l'horizon. Sofiane, que j'invite dans mon imaginaire, allongé à mes côtés, sa tête posée sur mes genoux. Et moi, mes doigts plongés dans ses boucles crépues, qui caresse son crâne. Je me crois capable de tout, croire en Dieu s'il le faut, juste pour que la douceur de cet instant reste éternellement gravée en moi et, à jamais, me protège des ravages de la bête tapie au fond de mon ventre, qui me fait perdre le contrôle de mon corps et de ma tête, et qui m'effraie tant.

Quand je me réveille, il fait jour. Papa jette un filet à la mer.

– Je t'envie, je lui dis, la voix pleine de sommeil.

Comme à son habitude, il se lance dans une de ses éternelles tirades. Après avoir déclaré que discuter ne sert à rien, il répond :

– Vois-tu, Julia, quand je suis en mer, seul, loin de vous, je me sens si bien. Je n'ai plus à me justifier.

Je lui réponds qu'il n'est qu'un égoïste, avoir envie d'être seul comme ça, tout le temps, ce n'est pas gentil, un jour il mourra au milieu de ses poissons, et quand on le retrouvera, il ne sera plus qu'un tas de chair décomposée à l'odeur nauséabonde que même les goélands n'oseront se disputer. Ça le fait rire.

– Julia, il dit d'un ton sérieux, Viviane, elle est tellement fragile, tu comprends. Tu ne sais pas tout sur ta mère, tu ne sais pas quelle femme elle a été, elle paraît solide aujourd'hui mais c'est juste un air qu'elle se donne. Ces choses-là, vos hormones, chez vous les femmes, c'est pire qu'une bombe à retardement. Les années passent, tu crois que ça va se barrer, et puis non, ça revient comme des vagues, tout le temps. Tu dois te calmer, Julia, je sens qu'elle replonge, en ce moment, ta mère... Elle a pas mal de pression ces derniers temps, ses charges qui augmentent sans cesse et qu'elle n'arrive plus à payer, avec ces connards là-haut qui mettent leur nez partout, qui nous empêchent de gagner notre vie, eux et leur réglementation à la con... Et toi qui fais n'importe quoi, qui en plus cours partout, habillée comme si on était en été. Sois plus vigilante, Julia, ne gâche pas toutes tes cartouches d'un seul coup, sois sur tes gardes. Il existe certains jeux dangereux auxquels il ne vaut mieux pas s'adonner, crois-moi.

Et c'est plus fort que moi, ça sort :

– Comme se faire baiser par des connards ?

Il se dresse tout droit, me regarde, surpris.

– Comment ça ? il me dit.

Puis Papa a une réaction étrange, il paraît sérieusement décontenancé par ce que je viens de lui dire et se donne du temps avant de reprendre la conversation. Il se penche pour ramasser une caisse contenant deux énormes langoustes, balade de haut en bas son épaisse main sur les carcasses rouge corail. Quand il a fini de positionner les bestioles de manière que leurs antennes ne dépassent pas, il relève la tête, et avec ses yeux noirs sévères, prenant une voix grave, il me dit :

– Tu ferais mieux de te calmer, Julia, de filer

droit, les années nous traversent dans une fulgurance que tu n'imagines même pas. La beauté d'une femme se fane aussi vite que les roses. Tes rondeurs et ton petit minois ne sont pas éternels. Quitte à les utiliser, tu ferais mieux de le faire à bon escient, crois-moi.

Il pose la caisse sur le pont avant du bateau, puis me la met entre les mains.

– Tiens, justement, en voilà du boulot. Jacques reçoit des invités de marque ce midi. Je n'ai pas le temps de passer à l'hôtel. File. Et ne tarde pas.

Je m'exécute sans le moindre commentaire. J'évite de trop réfléchir. Passé l'anse de Malmousque, je me gare en double file, active les warnings et sors du coffre la caisse remplie de langoustes en espérant que l'odeur des bestioles ne s'est pas définitivement incrustée à l'intérieur.

En cuisine s'affairent de jeunes apprentis. Jacques est là, qui fume le cigare en regardant la mer depuis la terrasse du restaurant. Un des serveurs m'aperçoit dans l'encadrement de la porte d'entrée avec dans les mains la caisse de langoustes et indique ma présence en me montrant du doigt. Jacques s'avance. Tout en marchant, il me jauge de la tête aux pieds. Puis il me complimente sur mon physique.

– Tu es devenue une femme, Julia, une belle femme.

Il contourne la caisse. Je suis coincée, et bien incapable de lui faire comprendre que je n'apprécie guère qu'il me crache à la figure la fumée de son cigare infect. Encore moins qu'il se permette de glisser sa grosse main baguée dans mes cheveux. Le nouveau chef étoilé, ce Japonais, et ses sashimis à la sauce provençale, nous rejoint et prend aussitôt la caisse avant de disparaître, me laissant seule avec ce vieux con qui porte son costume croisé anthracite dès huit heures du matin.

– Paul m'a dit que tu as l'intention de passer

le concours d'avocate. C'est très bien, Julia. Très bonne idée. Un avocat dans la famille, on en a toujours besoin. Sinon, j'ai cru comprendre que tu t'es trouvé un stage dans un beau cabinet spécialisé en droit de la construction, toute seule, comme une grande. Tu dois te débrouiller pas mal en relations publiques, dis-moi. Si t'as besoin de te faire un peu d'argent, je peux te proposer du boulot, si tu veux.

Jacques descend une main sur mes hanches, me sourit à en faire péter son putain de costard.

– Enfin, si t'as besoin d'argent, fais-moi savoir, Julia. Il n'y a pas de raison que ça ne profite qu'à certains.

Avant que je ne reparte, il me tend un billet de cent.

– Réfléchis, Julia, il me dit, ça paie bien, le boulot d'hôtesse. Évidemment, tout ça reste entre nous. Pas la peine d'échauffer Viviane pour si peu. Ce sera notre petit secret… D'accord ?

Au moment où je m'apprête à franchir le hall d'entrée, il rallume son cigare infect et me lance :

– Au fait, Julia, justement, je voulais savoir comment allait ta chère mère, en ce moment. Comment elle s'en sortait, avec sa petite boutique. Dis-lui de m'appeler, mon trésor.

Je roule en direction de la maison, j'ai les paroles de ce con de Jacques qui me tournent dans la tête, ça résonne et je suis prise de tremblements. Je suis fatiguée, j'ai froid, j'ai tellement froid, je ne sais plus quoi penser de tout ça. J'en pleure de rage.

Quand je franchis la porte d'entrée, Maman me saute dessus, elle m'attrape par les cheveux, sa peau est rouge et gonflée, elle pue l'alcool.

– Ce n'est pas une heure pour rentrer, Julia ! Pourquoi tu m'as fait ça, partir sans prévenir, disparaître ? Je vais t'enfermer s'il le faut mais tu ne foutras plus jamais un pied dehors sans m'en avoir demandé l'autorisation.

– T'es complètement malade !

Je me débats, tire sur le bras de Maman, elle hurle de douleur et tombe. Sa tête tape contre le sol, elle gémit. Je me jette sur elle.

– Ça va ?

Elle ne répond plus.

– Maman, ça va ?

Je lui tapote les joues, elle reprend connaissance et s'écroule en pleurs dans mes bras.

– Julia, reste avec moi, je t'en prie, ne m'abandonne pas…

Je l'aide à se relever et la conduis dans sa chambre. Je l'allonge sur son lit, lui donne ma main, elle la serre fort et ne la lâche plus. Au bout d'un moment, Maman ferme les yeux et relâche son étreinte. Je tente de dégager ma main mais elle se réveille et de nouveau s'agrippe à mon bras. Son regard est terrifiant. Plein d'effroi, vide jusqu'au fond des orbites. Je prends peur et la force à me lâcher. Je me lève. Elle me fixe toujours. Les yeux vitreux, le corps tremblant.

– Ça va aller, je lui dis, je vais te chercher quelque chose dans l'armoire à pharmacie.

Une heure passe, peut-être deux. Je suis dans ma chambre, à essayer en vain de me concentrer sur ce cas pratique que je devais rendre en fin de semaine dernière. J'entends des bruits dans le salon, un vrai raffut, ça couine, ça tire, je sors.

Maman, en robe de chambre. Je la vois qui sort des tiroirs tout un tas de vêtements, des dessous en dentelle, un fuseau doré. Elle les étend sur le canapé, va chercher une paire de ciseaux dans la cuisine et découpe ces morceaux de tissu qui ont tout l'air d'être d'anciennes tenues de soirée. Je reconnais au passage une de ses anciennes jupes-fourreaux façon léopard. Tous ces habits semblent sortis de nulle part et pourtant, maintenant que je les observe de plus près, ils me paraissent vaguement familiers. Puis elle aligne les bouts de vêtements les uns à côté des autres sur la moquette, qui ressemble à présent à un étrange patchwork.

– D'où sortent toutes ces vieilleries ? je lui demande.

Comme elle ne répond rien et que cette atmosphère dramatique commence sérieusement à m'inquiéter, j'échafaude une plaisanterie douteuse :

– Tu as décidé de refaire la déco du salon ?

Elle se retourne et m'observe, peignoir grand ouvert laissant visible son corps nu. Ça déborde de partout, ses seins pendent, son entrejambe est entièrement épilé, il y a des traces de sang, des écorchures sur le contour de son sexe. Merde.

Elle qui me regarde, les yeux menaçants, et qui m'ordonne de ne rien toucher. Je la vois ensuite se diriger vers la cuisine, puis deux secondes après, elle revient, une bouteille de vin à la main, et en asperge les bouts de vêtements.

Le regard perdu dans le vide, elle tourne en rond autour de la table basse sur laquelle sont posées quelques-unes de ces putains de tenues vieilles de mille ans qu'elle a ressorties de je ne sais où, et j'ignore pourquoi mais ça m'inquiète maintenant beaucoup. Je me tais. Je la revois se balader avec sa jupe léopard, se trémousser en riant comme une pintade collée à un mec ivre à qui Jacques sert un verre de whisky, elle qui m'aperçoit en pyjama, assise, collée à la rambarde de l'escalier, mon ours en peluche serré contre moi, et qui me dit « Va te coucher, va te coucher, il est tard », mais je suis là, en haut, je ne veux pas retourner seule dans mon lit, je ne bouge pas, je ne peux pas faire demi-tour et suivre le couloir jusqu'à la chambre, je suis clouée au sol, scellée sur place, sur la dernière marche, je ne la quitte pas des yeux.

J'ai en ligne de mire ses robes et ses porte-jarretelles en lambeaux, je ne vois plus que ça et j'ai soudain très envie de la questionner, je suis sur le point de lui demander ce que tout cela peut bien signifier, mais je n'ose pas, de peur qu'elle ne vacille davantage encore, que sa langue ne se délie. Je sens le poids de l'existence s'abattre sur mes épaules et je prends conscience que ça ne va pas s'arranger.

Je me mets sur pilote automatique, je concentre toute l'énergie vitale qu'il me reste à garder le silence puis à m'enfermer dans ma chambre. J'attends que ça passe.

Le jour puis la nuit tombent, au bout d'un moment les minutes paraissent interminables et ça finit par me rendre folle. J'en blêmis. Le temps semble arrêté. Terriblement immobile. Je suis fatiguée d'attendre que Maman se reprenne. J'ai du mal à respirer, je suffoque. Que je m'enfuie, que je coure retrouver la nuit, m'enivrer de l'odeur du vent. Dehors, la vie, et moi qui rate l'essentiel. Et je me surprends à crier dans le vide « Pourquoi ? ».

Je suis allongée et je rêve. Mes yeux s'habituent à l'obscurité, je fixe un point sur le poster accroché au mur du fond de ma chambre, Sailor et Lula, emboîtés l'un dans l'autre. Yeux fermés, je pense à Sofiane, les draps se soulèvent à chacune de mes inspirations, mon souffle est profond et lointain. Je crie encore. « Laisse-moi respirer ! » Que je m'échappe pour boire du gin et des cocktails, que je me saoule. Que je me noie dans la foule. Il faut que je parte d'ici, j'étouffe, je ne peux pas rester une minute de plus à regarder Maman dépérir entre ces quatre murs, j'ai peur qu'à respirer le même air qu'elle sa folie me rattrape.

Quand je débarque dans la pénombre du salon, je manque de me prendre les pieds dans la bouteille vide abandonnée sur le sol. Maman est là, affalée sur le canapé, je la vois qui dort au milieu des vêtements déchiquetés, la bouche à demi ouverte, devant l'écran de télévision allumé. Une autre bouteille est posée devant elle, sur la table en plexi. Je lui mets une couverture sur le corps, et avec cette sensation de froid qui envahit mon cœur, je m'enfuis.

Après avoir peinturluré de rouge à la va-vite mes ongles trop courts, je rejoins Gatien chez lui.

Ma jupe est trop courte. Je suis frigorifiée. Lola m'ouvre la porte, m'embrasse sèchement sur les joues, et d'un air dédaigneux regarde ma nouvelle paire d'escarpins, avec un soupir prononcé dont je n'apprécie guère la sonorité.

Gatien sort la tête de la salle de bains.

– J'en ai pour cinq minutes. Sers-toi un verre, Julia. Lola s'apprêtait justement à partir. Hein, Lola ?

Lola, en jean et pull rose pâle, maintenant assise dans une position alanguie sur le canapé, avec ses jolis pieds nus manucurés qui dépassent du plaid en mohair. Lola qui n'a pas l'intention de partir, qui appuie sur la télécommande et monte le son.

Une série débile défile sur l'écran. Lola reste silencieuse.

Je vais dans la cuisine, me sers du saint-émilion. Je tourne le dos à Lola. Je l'entends qui se lève en faisant tomber quelque chose. Le parquet couine. Le bruit de ses pas, interminable. Je reviens dans le salon, un verre dans chaque main. Lola ressort de la salle de bains avec une trousse de toilette en velours, et elle me dévisage. Elle s'approche de moi, je lui tends le verre ballon rempli de vin, elle détourne la tête, va se rasseoir sur le canapé.

Elle pose la trousse sur la table basse, à côté d'une pile de dossiers, et s'allume une cigarette. Je place le verre en face d'elle. Elle a le regard rivé sur l'écran, tire nerveusement sur sa cigarette et recrache la fumée.

Je vais à la fenêtre. Je regarde la mer. Je ne sais pas, je ne pense pas. La mer fait comme des moutons, le ciel s'assombrit. Je frissonne et je serre le verre contre ma poitrine.

Lola ne dit toujours rien, puis d'un seul coup, comme ça, sans raison, parce que je le comprends à cet instant, je sais que depuis tout ce temps elle n'a jamais vraiment eu envie de discuter avec moi ou quoi que ce soit d'autre, encore moins être mon amie, qu'ils se foutent de ma gueule depuis le début, elle se lève et se plante devant moi.

– T'aurais pas un gramme à me dépanner ? elle me demande de but en blanc, comme ça, comme si je n'existais pas pour elle, que je n'étais qu'une putain de chose.

– Non, je lui réponds alors que mon ventre se noue.

Et sans la moindre expression, le teint pâle, mais belle, même après deux nuits blanches, elle enfile ses baskets, son manteau bleu marine qu'elle ceinture élégamment autour de sa taille. Elle passe sur son épaule un grand sac à demi ouvert, elle y met la trousse, les chemises de carton rouges sur lesquelles des noms de mecs sont écrits au marqueur, et là c'est comme un flash, il me semble apercevoir au passage le nom de Jacques, du moins j'en ai l'impression, mais peut-être pas après tout, et je me demande si… Parce que c'est vrai que je suis un peu troublée, là maintenant, parce que j'ai peur de tout mélanger, de ne plus savoir ce que je suis censée réaliser. Merde, pourquoi Lola aurait dormi là, avec sa trousse de toilette en plus. Elle part aussitôt en claquant la porte.

Gatien sort de la douche précipitamment, le jean encore ouvert, se rue sur le palier. Je le suis dans l'entrée et l'observe depuis le haut de l'escalier. Je le vois qui se jette sur Lola, je le vois qui lui tient la main, pourquoi il fait ça, pourquoi ? Je l'entends :

– Tu pourrais dire au revoir, au moins… À demain.

– Au revoir, elle lui répond, en le forçant à lui lâcher la main.

Merde, « À demain Gatien » et elle l'embrasse, exagérément, sur la joue, tout près des lèvres, j'en ai le souffle coupé.

– Mais c'est que tu sens bon, dis-moi, et tu t'es rasé, elle lui dit. Elle en a de la chance, ta petite poufiasse.

Avec ces mots, c'est comme si elle me transperçait l'abdomen à coups de couteau, j'ai mal, j'ai tellement mal, et elle disparaît dans l'escalier.

J'ai un mouvement de recul et regagne l'intérieur de l'appartement. Gatien réapparaît sur le seuil, les traits tendus. Je serre encore plus mon verre de vin entre mes doigts.

– Je dois comprendre quoi, au juste ?

– Comprendre quoi ? Il n'y a rien à comprendre, Julia, cette fille est une tarée, c'est tout. Qu'est-ce que tu t'imagines ? On travaillait, voilà, il n'y a rien d'autre à comprendre. Tu crois quoi ? il fait d'un air agacé.

Je m'engouffre dans la brèche.

– Je ne sais pas, Gatien, à toi de me dire.

– Elle est jalouse, c'est tout, jalouse, il dit en s'approchant de moi. Enlève-moi cette jupe.

– Je n'en ai pas envie, je lui dis tout en me dégageant.

Et j'ai envie de chialer, j'en ai tellement envie.

– Gatien, je lui dis alors qu'il baisse les bras en soupirant, mon stage, c'est censé consister en quoi, au juste ? À répondre au téléphone ?

Et j'ajoute ce truc débile, qui n'a rien à voir, mais qui sort de ma bouche :

– Et puis par la même occasion, à faire du phoning pour développer votre portefeuille clientèle ?

Il m'éclate de rire au visage. C'est violent, trop violent, j'ai les jambes qui flageolent.

– Qu'est-ce que tu vas chercher, Julia ? Tu crois que je n'ai pas mieux à faire avec toi ? C'est pourtant clair. Je te veux pour moi seul, que tu me serves des cafés en petite culotte, ma belle. Qu'est-ce que tu t'imagines ? Rien d'autre, voyons.

Il dit ça en continuant à se marrer, s'asseyant sur le canapé, puis il s'allume une Vogue qu'il vient de prendre dans le paquet laissé par Lola sur la table et croise les jambes en tirant sur la cigarette. Il crache un petit jet de fumée blanche, me regarde en rigolant, tapote du plat de la main à côté de lui sur les coussins du canapé en me faisant un signe de la tête.

– Allez, viens.

Je serre encore plus fort mon verre mais il m'échappe des mains, tombe sur le parquet et se casse. Le liquide rouge se répand sur les lames de bois beige pâle. J'entends Gatien qui se marre encore plus fort et se met à fredonner une chanson dont les paroles ne me disent rien. Je m'enfuis avant que tout coule hors de moi.

En ouvrant la porte de la maison, je me rends compte que tout a changé d'aspect. Le salon est de nouveau rangé. Les affaires de Maman ont disparu. Les jumelles de Papa sont posées sur la table en plexi. Et c'est comme un soulagement, un putain de soulagement, d'être de nouveau dans cette maison que je déteste tant mais qui est la mienne. Même les rideaux fuchsia me plaisent, la lumière de la lune dans les replis du tissu. Tout ça est terriblement beau d'un seul coup.

Je suis allongée sur mon lit, j'observe ma jupe et mon collant qui pendent à moitié dans le vide, puis, tout près de moi, sur la couette, le fond brun de ma culotte.

Je fume une dernière cigarette et je m'endors.

Des images débarquent comme des chevaux au galop, des flashs, des visions psychédéliques saccadées, ces séquences sonores contrastées, ces teintes aux couleurs criardes, ces détails très précis. Le corps nu d'un homme sans tête contre celui d'une femme à la chevelure blond platine d'une couleur identique à celle de Maman. Le cuir rouge des hauts escarpins, une cuisse d'homme couverte de poils noirs et drus, une porte sombre entrouverte, des souffles forts, des gémissements qui sortent de la bouche de la femme, le prénom « Jacques » qui surgit de nulle part. Et moi soudain qui me trouve submergée sous les flots, en train d'étouffer. Puis je suis petite, minuscule, pas plus haute qu'une poupée, et je traîne cet ours en peluche derrière moi, immense, prêt à m'écraser. Maintenant Maman est accroupie. La tête coincée entre deux jambes, ses ongles rouge vif manucurés, enfoncés dans la chair blanche d'une paire de fesses rebondies. Ma propre mère. L'homme, très concentré, fixe avec insistance une cible de fléchettes accrochée au mur du fond. Maman, je ne peux pas la regarder une seconde de plus, c'est au-dessus de mes forces. Elle n'a même pas enlevé son manteau de fourrure. Je cours à en perdre haleine. Je fonce au cabanon. Je frappe à la porte, rien, je frappe plusieurs fois encore, la porte s'ouvre, et Papi est là, devant moi, qui ne me quitte pas du regard. Il est là devant moi. Le flingue qu'il braque en direction de mon front.

C’est Maman qui me réveille.

Elle entre sans frapper. Elle me dit en ouvrant grand les rideaux qu’il est déjà neuf heures, qu’il faut maintenant se lever, qu’il était prévu que je commence mon stage, « aujourd’hui ».

J’ai mal à la tête. Mon corps est trempé, mes yeux, eux, sont secs et brûlants. L’esprit encore embrouillé par mes visions nocturnes, je redresse ma tête enfoncée dans l’édredon.

Malgré la présence de Maman qui me dévisage et une once de mauvaise conscience en moi, je n’ai pas vraiment envie de me lever.

Maintenant, je la vois qui fixe les draps. J’y aperçois des taches rouges. Je m’excuse et dis que je vais nettoyer. Puis je me lève pour prendre une douche, mais définitivement je n’ai le courage de rien. Alors j’enfile à la va-vite un tee-shirt et un bas de pyjama. Je rebranche mon téléphone. Je me recouche.

Alex a laissé une dizaine de messages, me demandant ce que je fabrique. Il s’inquiète, il est passé, ma mère « à moitié à poil » lui a claqué la porte au nez en le traitant de « fouteur de merde ». Il m'explique qu'il est peut-être temps qu'elle aille consulter un psy, elle a un sacré problème, « ma daronne ». Et moi, « faire la morte », ça n'a également rien d'un comportement normal. « C'est complètement absurde, il dit, tout est absurde avec toi Julia, des fois je ne te comprends pas. »

Je gagne le salon en traînant les pieds. Je me fais un café. Maman et moi on se croise. Elle, habillée d'un tailleur bleu marine, comme une hôtesse de l'air, les cheveux tirés en chignon, moi avec ce tee-shirt informe à l'effigie d'un vieux groupe de ragga appartenant à Alex, qui me descend sous les fesses. Elle me dévisage encore, serre les dents.

Je regarde par la fenêtre de la cuisine, des sacs plastique ont atterri dans la cour. Le vent les fait rouler et les soulève brusquement pour les laisser aussitôt retomber sur le sol bétonné. Le mur de la maisonnette est sec, la peinture a pratiquement disparu des volets, le bois est presque à nu. Le mistral se prépare à souffler plus fort encore. Il sera là dans quelques heures. Je le sens. Mes cheveux et ma peau se dessèchent.

– Et ton stage ? me lance soudain Maman en hurlant avant de claquer la porte.

J'entends au loin le moteur de sa voiture démarrer, un crissement de pneus. Ni une ni deux, j'enfile un sweat et un legging, je chausse une paire de baskets et m'élance dans la colline.

Courir, courir longtemps, comme si tout devait sortir hors de moi, mon souffle, mon âme, les écouteurs dans les oreilles, et d'un seul coup se sentir submerger par un océan de couleur. Un simple morceau électro-rap heurtant de plein fouet la grisaille, et décider un matin d'hiver que sa vie devrait être toujours ainsi, comme un clip vidéo projeté en continu sur un écran de cinéma, aussi vertigineux, aussi aérien, et que jamais, non, jamais, il ne pourrait plus en être autrement.

Je récupère le sentier de terre, m'élance dans la ruelle, encore tout essoufflée.

Quand je relève la tête en m'étirant contre le mur près du portail, je le vois qui est là. Sofiane, assis sur son scooter, en train de sourire.

– Salut, Julia, c'est Alex qui m'a dit que tu n'avais pas trop le moral. Je venais aux nouvelles. Ça a l'air d'aller, en fait. T'es en pleine forme, on dirait. Tes joues sont roses.

DEUXIÈME PARTIE

Je regarde le reflet de mon corps dans le miroir, l'arrondi de mes hanches, la blancheur de ma peau. Je me rapproche de la glace, passe un doigt sur les plis bleus de mes cernes, puis sur la partie charnue de mes lèvres, que j'effleure en exécutant des va-et-vient du bout de l'index. Une ardeur s'empare de mon bas-ventre, mes narines se dilatent et, le regard fixe, je scrute le rond noir abyssal de mes pupilles. J'entends Sofiane qui me dit :

– Ça te dérange pas si je fume ?

Je sens une chaleur monter dans mes jambes.

– Regarde sous le sommier, je lui réponds, le tiroir… Il doit encore y avoir deux trois trucs, prends ce que tu veux.

Il fouille, et puis plus rien, je ne l'entends plus. Mon cœur se serre, je me tourne en direction de la porte. Mon legging noir gît sur le carrelage et encombre l'entrée de la salle de bains. Dans la pièce attenante, le sommier craque. Je pivote et, tout en me dirigeant de nouveau vers le miroir, dégrafe mon soutien-gorge. Je fais rouler ma culotte le long de mes cuisses. Maintenant je suis complètement nue. Sofiane tousse.

J'aurais envie qu'il me rejoigne, et à la fois non, je ne sais pas, je reste immobile, terrorisée, à ne plus sentir mes jambes, à ne plus pouvoir bouger, je me dévisage dans la glace et, un instant, dans le reflet du miroir, j'ai l'impression de voir la poignée de porte descendre. Je me retourne aussitôt, reste plantée devant le cylindre en inox qui subitement a arrêté de bouger.

Il y a le silence, le bruit de ma respiration saccadée. La poignée remonte et j'entends de nouveau le sommier gémir.

Et si tout ça n'était qu'un mirage ?

Je tends la main vers le rideau de douche et le tire bruyamment, monte dans le bac. J'attrape le pommeau. Je ferme les yeux, me remplis l'abdomen d'une immense inspiration, expire le plus lentement, le plus profondément possible, en me concentrant sur mon ventre. L'eau glisse sur ma nuque, j'ai le menton collé contre ma gorge. Je relève la tête et cale le jet vers moi. J'ouvre mes épaules, secoue ma chevelure de droite à gauche. L'eau brûlante se déverse en pluie sur mon corps. Un filet de sang slalome entre mes jambes. J'oublie que Sofiane pourrait subitement ne plus vouloir de moi et disparaître sans que je puisse rien y faire, j'imagine sa main effleurer le bout de mes seins. Mon sexe s'électrise et je fais durer la sensation. Je la fais remonter dans tout mon corps, ça vibre, je sens mon bas-ventre se gonfler, durcir, et j'ai presque envie de pleurer.

Je suis debout dos à la porte de ma chambre, les cheveux mouillés. J'ai mis un pull propre qui sent le Soupline et mon nouveau jean. Je sens que mes joues chauffent encore. Allongé sur le lit, Sofiane regarde dans le magazine les photos de l'inauguration du nouveau complexe balnéothérapie du Cercle des nageurs. Je l'observe fixement. Il lève les yeux et me sourit. Il se redresse et s'assoit sur le bord du lit. Deux secondes. Et rien ne se passe. Puis Sofiane place sous mes yeux le journal, il me désigne un mec qui, la tête légèrement penchée, le regard fixant l'objectif, une main enfoncée dans la poche de son pantalon et l'autre agrippant sa veste de costume jetée négligemment sur son épaule, pose comme un mannequin, et il me dit :

– C'est pas ton mec, sur la photo ? Gatien, c'est ça ?

J'éclate de rire et balance le journal sur le lit.

– T'es bête !

Mon corps se détend, je m'assois à côté de lui, attrape le magazine et m'intéresse de plus près à l'image.

– Mais ça pourrait être lui, c'est vrai. Le sourire Ultra Brite en moins.

Ça le fait rire, et moi aussi.

Sofiane trouve très joli le papillon tatoué au creux de mes reins.

– C'est classe, il dit en jetant un œil à mon armoire. Impressionnant. T'arrives à porter toutes ces chaussures ? Si tu veux, j'ai un plan, un pote qui récupère des Free Lance à moitié prix.

Il enfile mon blouson en jean Levi's.

– Un peu étroit mais ça le fait, non ?

Il dit ça en défilant devant ma glace et en me faisant un clin d'œil. Allongée sur la couette, un joint entre les doigts, le ventre à moitié à l'air, je penche la tête en arrière et ris franchement lorsqu'il tente de passer à ses pieds ma paire d'escarpins rouges.

Sofiane s'écroule sur la couette, s'étend sur le dos et enlève le joint de mes lèvres, le met entre les siennes. Je me penche en avant et branche les enceintes.

Une heure passe, peut-être deux. J'ai la tête dans les nuages. Le corps en effervescence. Sofiane se lève et roule un nouveau joint en regardant par la fenêtre. Il jette un œil à son portable, puis d'un seul coup, et ça me surprend que ce soit si soudain, parce que je ne comprends pas ce qui lui arrive et je me demande si j'ai fait ou dit une chose de trop, en une seconde, son visage s'assombrit. Sofiane semble soudain perdu dans ses pensées. Je le regarde, à demi allongée sur la couette, avec mon doigt qui entortille une mèche de cheveux. Il se retourne brusquement. Il dit :

– Je dois passer chez Alex, on se voit plus tard ?

Et j'ai peur, maintenant, qu'il se barre et ne revienne jamais. Que cette heure passée ensemble ne soit qu'une illusion, qu'elle se transforme en un souvenir douloureux teinté de manque et de désespoir. Je panique. Je fais un effort surhumain pour cacher mon agitation intérieure.

– OK, je lui dis.

Je me lève et, sans un mot, le raccompagne jusqu'à la porte de la maison.

Une fois qu'il a traversé la rue, et que je repasse le seuil dans l'autre sens, je suis au bord des larmes. Je l'entraperçois, il se retourne lui aussi et reste planté sur le trottoir, sans bouger, à fixer mon corps qui disparaît dans la maison. Je ferme la porte à double tour.

À l'intérieur du salon, je prends appui sur la baie vitrée, fixe des yeux le plafond, avale ma salive puis, au moment de regagner ma chambre, j'ai un sursaut de panique. Maman, debout devant la porte de la cuisine, avec sa robe bleu marine, ses cheveux lâchés, droite comme un I, un verre de vin à la main, me regarde.

– Je peux avoir une explication ? elle dit en s'approchant de moi, son verre toujours à la main. C'est qui ce garçon, Julia ? Un coursier que tu as croisé en bas de l'immeuble où tu fais ton stage, peut-être ? Depuis quand tu ramènes de la racaille à la maison ?

Elle serre le pied du verre, la blancheur de ses phalanges ressort à côté du bleu des veines gonflées à en faire craquer la peau flétrie de sa main droite.

– Ne me dis pas, s'il te plaît, que tu fais ça dans mon dos durant notre absence. Julia, depuis quand ça dure ?

Elle s'approche de moi, accroche son autre main à mon pull, tire dessus, renverse son verre de vin sur mon jean, et je cours m'enfermer dans ma chambre.

Assise sur le lit, bras ballants, tête baissée, je contemple mes cheveux qui pendent de part et d'autre de mon visage, mon jean tout neuf, trempé, qui sent le vin. Le vernis rouge sur mes ongles de pieds.

Le tiroir sous mon lit est mal refermé. Je me redresse et, sans trop réfléchir, je l'ouvre complètement. J'ai comme un soupir de soulagement quand je constate que tout y est intact, la boîte avec mes billets, les deux sachets d'herbe, les doses de cocaïne. Je le referme, fais en sorte que le bord de la housse de couette le recouvre entièrement, et m'allonge. Depuis la pièce d'à côté, Maman hurle que le repas est prêt.

– Je n'ai pas faim ! je lui réponds en hurlant à mon tour.

Le générique du journal télévisé retentit dans le salon, le son de la télé augmente.

Le lendemain, je suis en ville à déambuler comme une somnambule dans les rues, me demandant si je ne devrais pas tout compte fait passer voir Gatien au bureau. C'est trop bête, je me dis, j'ai mal réagi. Au moment où je sors mon téléphone du sac à main, Sofiane appelle. Je lui dis : « J'ai un truc à finir pour la fac, ça va être compliqué pour se voir. »

Il répond : « Je peux t'aider ? »

Et il rigole.

Puis il enchaîne sur d'autres phrases tout aussi drôles.

Je donne rendez-vous à Sofiane en bas de la Canebière. Je passe un coup de fil à Maman pour savoir si elle a prévu de déjeuner à la maison. « Julia, elle me lâche, si tu crois que j'ai le temps de faire des allers-retours inutiles pour te préparer à bouffer ! Tu sais bien que je suis seule à la boutique en ce moment, que je me démène pour survivre, tu le sais Julia, nom de Dieu. Ce n'est pas un self-service, la maison, merde, tu te fous vraiment de ma gueule… On se verra ce soir. »

J'appelle Papa. « Je suis en mer, Julia, j'ai un tas de filets à remonter. Pas sûr même que je rentre cette nuit. »

Sofiane est dans ma chambre, à mater des vidéos débiles dans lesquelles des mecs se filment en train de squatter des maisons fantômes. Je finis ce cas pratique que je n'ai toujours pas rendu et que maintenant la scolarité me demande de renvoyer de toute urgence par mail sous peine de ne pas valider mon semestre. Je jette un coup d'œil à Sofiane qui fixe l'écran, les yeux écarquillés.

– Viens, il me dit en faisant un signe de la main, et je laisse tomber mon crayon, m'étale de tout mon corps, effectue un petit mouvement du bassin pour me rapprocher du smartphone. Ils se font des trips chelous, hôpital psychiatrique, la totale, je kiffe.

Après l'asile, c'est une piscine désaffectée aux murs fissurés et criblés de balles, puis une forêt très sombre, et une maison en ruine devant laquelle des mecs ont improvisé une rampe de skate avec un vieux tube en plastique éventré.

Les coudes repliés sur la couette, j'ai les bras qui commencent à faiblir, et sans trop savoir comment j'en arrive là, je pose la tête sur son ventre. Quand, entre deux pubs, je relève la tête et me mets à le regarder un peu trop longtemps dans les yeux, il sourit, gêné, puis s'excuse d'avoir un coup de fil urgent à passer.

– J'ai failli oublier, il dit. *Business is business.*

Il sort téléphoner, revient, rigole et propose qu'on se fasse un joint.

On fume, le dos de ma main touche la sienne, je ferme les yeux et tout devient silencieux. Même le vent sur la toiture de la maisonnette au fond de la cour, même la musique qui sort à fond des baffles de l'ordinateur. Et ça nous fait marrer, de tomber sur cette vieille série qu'ils ont ressortie sur le Net, ça nous fait délirer, avec Sofiane, tous ces mecs bizarres et décalés, surtout cette vieille femme qui parle à une bûche, toute cette musique qui nous hypnotise, ça nous occupe le reste de l'après-midi. Je finis par ne plus savoir quelle heure il est.

Et puis quand j'entends le bruit de la clé dans la porte d'entrée, je vois qu'il est déjà dix-neuf heures. Je tire Sofiane par le bras. Lui se marre en me voyant m'exciter sur la poignée de la fenêtre, que j'ai du mal à ouvrir.

Je lui dis de passer par le toit. Enjambant l'ouverture en PVC, il dit :

– Est-ce que j'ai la tête d'un voleur, franchement ?

– Ça donne direct sur la rue, je précise en le poussant dans le dos, direction la cour. Va chez Alex, je te rejoins.

Il passe sur la toiture de la maisonnette, et elle craque.

– Merde, il dit, je crois que j'ai niqué une tuile.

Puis j'entends Maman qui remonte le store de la baie vitrée, et lui qui ajoute pour moi, avant de sauter le muret :

– Et si ce soir on sortait en ville ?

Je referme précipitamment la fenêtre. Maman crie :

– Julia, c'est toi, tu es là ?

Alex a un pote des Beaux-Arts qui expose quelque part en ville.

– Y aura des meufs ? demande Sofiane en posant le bout de sa cigarette sur l'allume-cigare. C'est cool, cette caisse, il dit en se marrant, tripotant le bouton de la clim. Classe, tous ces petits trucs.

Je gare la Cooper en haut de la Canebière pendant que Sofiane et Alex achètent des cigarettes à un vendeur de kebabs. Sur le trottoir d'en face, une vieille femme liftée porte un soutien-gorge en dentelle dont on aperçoit les bretelles qui dépassent de son pull échancré bleu électrique. Elle me sourit avec un drôle de regard lorsque je passe devant elle et que je cours pour rattraper Sofiane et Alex, en train de filer sans moi. Lorsque j'arrive à leur niveau, je me retourne une seconde et aperçois la femme qui tire sur sa minijupe en skaï, coiffe d'un coup d'ongles les cheveux synthétiques de sa perruque blonde. Elle relève la tête et avec sa main lance un baiser dans ma direction. Je détourne immédiatement le regard et emboîte le pas aux garçons.

Au bout d'un moment, on se retrouve en haut du cours Julien, dans un rez-de-chaussée éclairé au néon où il semble déjà n'y avoir plus rien à boire ni à grignoter. Mis à part un vieux cubi de rosé et deux cacahuètes, quelques biscuits dans une assiette en carton, la table réservée au buffet est vide. Trois immondes installations en pâte à modeler et en papier alu trônent au milieu de cette salle carrelée. Des mecs avec des vestes kaki militaires, les cheveux gras, des gobelets en plastique à la main, discutent mollement, tout en jetant quelques regards discrets vers un groupe de filles à écharpes qui pendent et pantalons africains informes. Sofiane, dont le visage est éclairé par une lumière jaunâtre provenant d'une statue en plastique orange de nain de jardin à qui un taré a affecté un téléphone portable, se demande s'ils n'envisagent pas à un moment de mettre un peu de son.

– C'est lequel ton pote qui expose ? il dit à Alex.

– On dirait qu'il n'est pas là, mais y a une fanfare qui doit se ramener, enfin je crois, répond Alex, les yeux en l'air, se roulant une cigarette.

– C'est l'éclate, quoi, dit Sofiane.

Rien ne bouge, les gens parlent tout bas. Puis des mecs à lunettes, polaires et chaussures de marche se ramènent avec des trompettes, un saxo et un djembé.

– Pas une bombasse maquillée à l'horizon,

c'est glauque, reprend Sofiane. À ce rythme-là, dans deux heures, c'est suicide collectif, genre secte Moon, il ajoute en traînant les pieds vers la table à apéritifs.

Alex l'accompagne et appuie sur le robinet noir du cubi de rosé. Rien ne sort.

– OK, il conclut en se marrant, si vous avez mieux à proposer, les gars, ne vous gênez pas.

Sofiane se tourne vers moi.

– Et ton mec ?

On tombe sur Gatien et les autres dans ce fameux bar qu'Alex déteste tant et déserte avant même d'y mettre un pied. Sofiane, lui, en raffole.

– Ah, ouais, il dit, j'y étais la dernière fois, un vrai réservoir à princesses ce truc, j'adore.

Le moins qu'on puisse dire, c'est que Sofiane s'intègre à merveille. Il a un succès fou. D'ailleurs je ne suis pas la seule fille à qui il plaît. Sofiane se dirige vers le bar, et sur son passage, toutes les filles ou presque le matent franchement.

Gatien s'approche de moi et d'un air peiné me demande si ça va, si on pourrait parler.

– Écoute, Julia, il me dit pendant que je fouille dans mon sac et attrape une cigarette, je ne sais pas ce qui m'a pris l'autre soir, j'étais naze, avec la soirée et tout, le boulot en plus, mais je ne voudrais pas que tu t'imagines que je ne prends pas à cœur notre histoire.

– T'en veux une ? je lui dis en tendant le paquet de Camel.

– Non merci, il me répond. Viens dehors, il y a trop de bruit, là.

On sort, je m'allume une cigarette, Gatien pose sa main sur ma joue, je plante mon regard dans le sien.

– Julia, je n'ai pas l'intention de me foutre de ta gueule. Julia, tu me plais, tu comprends, tu me plais vraiment.

Je détourne les yeux vers la nuit, tire sur la clope, le regarde de nouveau à la volée et lui souris.

– Je sais, je lui dis en lui serrant la main. Allez viens, on rentre, il fait froid.

En regagnant le café, je vois Sofiane au comptoir en train de parler et de rigoler avec la serveuse. Il se retourne et, en m'apercevant, me fait des signes pour que je le rejoigne. J'abandonne Gatien, parce que bizarrement je n'en ai plus rien à faire, et je me demande bien comment c'est possible, le rayer de mon cortex, subitement, en si peu de temps.

Je fonce dans la foule, je vais vers Sofiane. Je me retourne une dernière fois et entraperçois Gatien qui n'a pas bougé d'un millimètre et m'observe. Sofiane m'accueille les bras ouverts et me sert un verre plein d'alcool blanc.

– Vodka, cadeau de Linda, il dit en faisant un clin d'œil à la fille derrière le comptoir.

Je sens le liquide me brûler les lèvres. Sofiane demande à Linda de le servir, la complimentant sur son « superbe coup de poignet ».

La nuit avance. Le bar ne désemplit pas. Ça sent la transpiration et le mojito à la fraise. Un rouquin, les cheveux en pétard, vient mixer en live. Gatien ne décolle pas du bar et s'enfile vodka sur vodka en regardant ses pieds. Sofiane passe son temps à dévisager la fameuse Linda, et chaque nana un peu jolie qui apparaît dans son périmètre d'action. Aussi, il fait des allers-retours incessants entre le comptoir et le trottoir d'en face, passe des coups de fil. Ça m'agace, puis je regarde le mec avec ses mains sur les platines, et je me balance en observant autour de moi.

J'ai la nausée, je commande un Perrier tranche. Les bulles sont fraîches, elles ont un goût acide. Je pose le verre sur le comptoir, Sofiane se ramène, me demande si ça va et repart aussitôt en direction de l'entrée. Puis se pointe une blonde méchée d'une trentaine d'années qui n'arrête pas de le fixer. Elle porte un blouson en cuir bon marché et un jean moulant qui lui arrive au niveau des chevilles, est chaussée de derbies ridicules à bouts pointus. Sofiane fait mine de ne pas remarquer son manège. Mais elle, elle insiste, ne le lâche pas du regard, ça en devient presque pesant. Sofiane finit par s'approcher d'elle.

La nana lui fait un signe du menton. Je n'en crois pas mes yeux. Ils sortent, vont discuter dehors. Mon verre dans la main, je me rapproche de l'entrée du bar. Je bois quelques gorgées tout en surveillant la rue. Mon estomac se contracte.

Un mètre les sépare. Ça s'éternise, la fille n'en finit plus de parler, de façon sérieuse, tellement sérieuse. Quand est-ce qu'elle va s'arrêter ?

Sofiane, lui, ne bronche pas, il se contente de

hocher la tête. Pourquoi il ne dit rien ? Puis brutalement il s'énerve, lui lance un truc à la figure, qu'elle n'a pas l'air d'apprécier.

Elle s'approche de lui. Si près. Sa poitrine imposante touche le torse de Sofiane, et brusquement, d'un geste qui sort de nulle part, elle lui attrape l'entrejambe. J'avale de travers, je tousse, fort. J'ai chaud. Mes oreilles sifflent. Sofiane recule d'un pas, la fusille du regard. Il semble pétrifié, baisse la tête, serre les poings, ne décolle plus les yeux de ses pieds. Finalement il relève la figure et tend la main à la fille, qui sans le décrocher de son putain de regard d'inquisitrice se tire.

Je me concentre sur les basses électroniques, les lumières blanches morcellent les mouvements du type roux entre son clavier et son ordinateur. Ça me détend un moment, et puis soudain je n'y arrive plus, à me griser du son. Je me repasse en boucle la scène hallucinante à laquelle je viens d'assister. Je ne la comprends toujours pas, ça m'inquiète, je cherche du regard Sofiane, qui maintenant, imperturbable, semble discuter avec Lola comme s'il ne lui était rien arrivé.

Seconde après seconde, Sofiane se colle de plus en plus à Lola. Je n'en peux plus, il faut que je sorte, que je prenne l'air.

J'appelle Alex. « Trop tard pour le mix, Julia, il me répond. Je suis sur le retour. Amuse-toi bien à Boboland, ma poulette, tu me raconteras. »

Du talon, j'écrase nerveusement ma cigarette sur le trottoir et pousse la porte du bar.

Sofiane, tout sourire, ses mains posées autour du cou de Lola, danse à présent avec cette connasse, et j'ai comme une barre de fer affreuse qui s'installe dans mon ventre, une surchauffe au niveau de la gorge.

Je m'approche d'eux, j'essaie de rester digne mais je sens que mes jambes tremblent. Je prends, comme je peux, un air indifférent :

– Tu veux dormir à la maison ? je demande à Sofiane en faisant mine d'enfiler négligemment mon trench.

– Pourquoi pas, il me répond.

Il se dégage des bras de Lola, qui lâche :

– Incroyable !

Elle s'allume une Vogue et finit par ajouter, avec son petit rire rauque :

– Intéressant, très intéressant…

Sur le chemin du retour, Sofiane se montre très agité. Il remplace la carte SIM de son téléphone par une nouvelle puce qu'il sort de son portefeuille. Je me contente de ruminer. Puis Sofiane, l'esprit parti je ne sais où, le nez plongé dans son écran, fait défiler les images en gloussant.

Je scrute la route, me concentre sur ma conduite, silencieuse. J'ai comme du plomb dans l'estomac. Le bruit extérieur, celui des voitures, occupe tout l'espace sonore de la Cooper.

Arrivée au niveau de chez Alex, je ralentis. Devant le portail sont garées une BMW, un vieux modèle d'une couleur franchement moche, vert pisseux, et la Vespa déglinguée d'Alex avec ses ailes toutes rouillées. À la fenêtre de sa chambre, la lumière brille.

– Gare-toi là, me dit Sofiane qui ouvre la bouche pour la première fois depuis qu'on a quitté le centre-ville.

Il jaillit du véhicule et gueule :

– Viens, on va s'en fumer un !

Et il faut bien que ça sorte, sinon je vais devenir

folle, je lui demande, à la volée, en refermant la portière :

– C'était qui, dehors, devant le bar, cette meuf avec qui tu as parlé des heures ?

Rien, rien ne sort de sa bouche à lui. Il me lance un regard bizarre, vide et inexpressif, et dans la foulée se dirige vers la façade.

Maintenant Sofiane lance des cailloux sur une fenêtre du deuxième étage. Alex sort la tête, puis descend nous ouvrir.

– Alors, les noctambules, il dit, pas d'after au Cercle ce soir ? Faites gaffe quand même, pas question de réveiller Maman. Y a Walter qui bricole un ou deux sons.

Sofiane se déchausse, enfile la paire de mules en cuir que lui tend Alex, passe l'entrée.

Je n'enlève pas mon imper, je croise les bras sur le seuil. Sofiane se retourne, me dit « Tu viens ? » en me tendant la main. Je ne bouge pas, le matraque du regard, lui fais non de la tête.

– Finalement tu n'as qu'à dormir chez Alex, je lui dis, mon père a dû rentrer. Ce n'était pas vraiment une bonne idée, tu risques de le croiser.

Il ne fait même pas semblant d'être désolé, je le vois se détourner sans réaction aucune, suivre Alex en sifflotant et s'enfoncer dans le couloir tapissé de tentures multicolores.

Deux jours après. Il est tard. Sofiane a insisté, on a de nouveau fini dans ce bar rue Sainte où se trouvaient Gatien et les autres. J'ai les pieds fatigués d'avoir trop piétiné.

– Pars sans moi, me dit Sofiane. Je te rejoins, j'en ai pour deux minutes.

Je marche jusqu'à la voiture, j'ai comme un goût amer dans la bouche quand je me dis que tout ça n'ira pas plus loin, entre Sofiane et moi. C'est à n'y rien comprendre. Surtout quand je le surprends à observer Lola et toute sa cour de petits coqs, et que je suis face à l'évidence. J'ai beau vouloir l'ignorer, l'éteindre sous mon orgueil de jeune fille galvanisée par son reflet avantageux dans la vitrine du café, cette lueur, que je vois dans ses yeux lorsqu'il mate avec insistance ces salauds, celle avec laquelle il ne me regarde pas.

Assise au volant de ma Cooper, je patiente. J'allume l'autoradio, cherche en vain à capter un morceau de musique dont la mélodie pourrait dissiper l'état d'énervement dans lequel je me trouve, et en relevant la tête, je la revois, à travers la vitre de la portière avant. Encore elle. Au coin de la rue, qui attend, adossée à un poteau. La blonde de l'autre soir. Je la reconnais immédiatement. Ça ne peut être qu'elle. Je ne la quitte pas du regard. Qu'est-ce que cette femme fait encore là ? J'aperçois Sofiane qui arrive et ralentit en passant à côté d'elle, ne s'arrête pas, et elle qui le suit de près, de très près, lui qui accélère le pas, et surgissant de nulle part, dans l'obscurité, trois types massifs, des mecs en blousons et en joggings, tout en muscles, qui foncent droit sur Sofiane.

Le plus grand, complètement chauve avec des mains énormes, attrape Sofiane par l'épaule, et le deuxième, petit et trapu, nuque de taureau et gueule de fouine, lui bloque le passage. Le troisième s'interpose, s'empare du bras de Sofiane qui tente tant bien que mal de s'enfuir, de se dégager de l'emprise de ce gros plouc avec un anneau à l'oreille, qui sort un flingue, le lui écrase sur la joue et projette violemment la tête de Sofiane contre le volet baissé d'une épicerie.

Merde.

À présent, le type lui fait une clé de bras et la ferraille se met à vibrer à grand bruit. Il s'approche du visage de Sofiane. Un scooter passe dans la rue, ralentit au niveau de la scène, puis accélère à nouveau. Sofiane gueule. Le mec lui pose une main sur la bouche. La nana avance vers eux, et de son air hautain s'adresse à Sofiane.

Voilà. Ensuite le mec donne un petit coup sur le front de Sofiane avec la crosse de son flingue et ils l'abandonnent là, en pleine rue déserte, seul, paralysé, assommé, scotché sur place.

Les mecs et la blonde montent dans la bagnole garée tout juste devant moi, une Renault bleu marine, elle démarre, et ses feux arrière rouges disparaissent dans la nuit.

Sofiane se redresse, observe autour de lui, bouge la tête de droite à gauche, se passe une main sur le visage et remonte son pantalon. Il tâte sa poche, et après un moment d'arrêt, marche sur quelques mètres, avant de s'immobiliser de nouveau. Puis il reste comme ça sans bouger, une, deux secondes, et se dirige vers la Cooper.

Je plonge la tête vers le poste de radio et ne la relève que lorsqu'il ouvre la portière avant. Un instant nos regards se croisent.

À la radio, la voix suave de la présentatrice dit qu'un règlement de comptes a eu lieu ce matin vers huit heures trente devant la prison des Baumettes à Marseille, le deuxième depuis le début de l'année, « un jeune détenu qui venait de sortir de prison a été tué d'une balle dans la tête ». Sofiane s'assoit, les mains posées sur les genoux, une goutte de sueur roule sur sa tempe. Les yeux droit devant lui, il reste un instant silencieux. Puis il a comme un air de panique qui traverse son beau visage, et ça m'effraie. Je baisse le son de la radio et comble le vide comme je peux. Je lui propose d'aller dans ce bar.

– Il paraît que c'est très free, je lui dis.

Mais au bout d'un moment, c'est lui qui me dit :

– Ça se voit que tu n'y connais rien, Julia. Viens, il ajoute en sortant de la voiture. Suis-moi, on va s'amuser.

Sofiane me prend par la main et, une fois devant le rideau de fer tagué d'une tête de chat jaune au large sourire noir et blanc, il me serre dans ses bras et m'embrasse dans le cou.

Dans ce sous-sol aménagé, avec ses salles de pierre voûtées et ses couloirs à n'en plus finir, et des musiques différentes dans chaque espace, des mecs torse nu, des filles aux cheveux de toutes les couleurs et le short coupé au ras des fesses, je vois Sofiane danser comme jamais. C'est vrai qu'ils sont très sympas, ces mecs et ces filles que ni lui ni moi ne connaissions avant d'avoir ingurgité un ou deux verres, et ça ne me dérange pas cette fois, de le voir comme ça, Sofiane. Je me rends compte qu'il est heureux, ici. Qu'il en a besoin. De bouger, toucher, rire. Qu'il est en phase.

Au cours de la soirée, je l'aperçois plus d'une fois dans les bras d'inconnues, et moi, perdue dans cette jungle, je me colle à lui, et quand il approche son oreille de ma bouche et qu'il me dit « Quoi ? » au milieu du brouhaha, mon corps se fige. Je m'éloigne, essaie de me fondre dans la foule, embrasse aussi, après des gins et des whiskys, plus d'un inconnu, au fond de cette boîte bruyante qui tout à coup me paraît malsaine et tellement moche. Mais Dieu que ces baisers n'en sont pas. De la bave et des muqueuses, voilà tout.

C'est le petit matin, on sort enfin de cet endroit miteux. Dehors il fait froid. Sofiane se blottit contre moi. En passant sur le port, on croise mon père.

Prêt à larguer les amarres, Papa va partir.

– Allez, montez, ça vous fera du bien. J'ai des nasses à récupérer. Vous allez me donner un coup de main, il nous lance d'une voix ferme et décidée.

Je scrute le fond de ses yeux mais non, je ne vois rien chez mon père, aucun reproche, aucun jugement, et à vrai dire, connaissant par cœur sa haine viscérale pour tout ce qui pourrait ressembler de près ou de loin à une peau trop basanée, ça me paraît plus que suspect.

Le bateau tousse puis s'enfonce dans l'obscurité. Sofiane, qui trouve « mortelle » la vue sur le Vieux-Port s'éloignant dans les lumières jaunes de la nuit à mesure qu'on gagne le large, s'assoit près de Papa. J'ai froid. Je m'allonge dans la cabine.

Il n'y a que le bruit du moteur et le silence de la mer. Je m'endors.

– Réveille-toi, Julia, me dit Papa en me secouant l'épaule. Ton petit Arabe t'attend déjà sur le quai. Avec une caisse pleine de langoustes. Amène-le chez Jacques, il va me livrer ça.

Et ça vient comme ça, de je ne sais où, comme

si j'avais attendu ce moment depuis toujours et que je l'avais retenu jusqu'à ce petit matin, je lui dis :

– Au cas où tu ne serais pas au courant, Papa, le temps de l'esclavage, c'est terminé.

Et lui me répond :

– Ce n'est pas vraiment le genre de type que tu es censée fréquenter, Julia. J'ai ta mère qui me hurle dessus tous les soirs depuis une semaine, tu ne fais que sortir, je suis au courant, il vient chez nous en plus, ce petit con. Les Arabes, je les connais, ma fille. Ils finissent toujours par t'avoir. Alors tu vas me virer ça, vite fait bien fait, tu m'entends, Julia ? Sinon, c'est moi qui vais m'en charger, et crois-moi, ça m'étonnerait que ça se passe bien.

– Va falloir arrêter ça, Papa. C'est fini, la colonisation. L'Afrique ne nous appartient plus. Tout ça, c'est terminé depuis belle lurette. T'es plus en vadrouille, avec ta putain de mitraillette et ton treillis à la con. Tu m'écœures avec ton racisme débile. Que je sache, ce n'est sûrement pas un jeune Arabe qui t'empêche d'être heureux, ce n'est pas sa faute si tu ne supportes personne.

– Le jour où tu auras vraiment vécu, tu comprendras, Julia, qu'il vaut mieux être seul que faire semblant. Alors épargne-moi tes commentaires de pisseuse écervelée, s'il te plaît.

Je pars sans lui dire au revoir, cette dernière phrase affreuse sifflant dans ma tête, et rejoins Sofiane qui porte à bout de bras une caisse en plastique d'où dépassent des antennes en mouvement. Je l'aide à la mettre dans le coffre de ma voiture, garée à quelques mètres de là, et je démarre sans dire un mot.

Je roule doucement, la circulation est fluide, Sofiane regarde par la vitre, se contentant de jeter de temps en temps un œil dans ma direction. Quand on arrive à La Corniche, il fait jour. Je me gare en double file devant le restaurant et je demande à Sofiane d'aller livrer seul les langoustes, il n'a qu'à dire en entrant qu'il vient de la part de Paul. Je précise :

– Je n'ai pas vraiment envie de voir sa sale gueule, à celui-là. Excuse-moi. Et puis, avec un peu de chance, il te filera peut-être un pourboire.

Je l'attends depuis un quart d'heure, dehors, assise sur le capot de la Cooper en regardant la mer, quand il revient, triomphant, un grand sourire aux lèvres et un billet vert entre les doigts.

Après m'avoir embrassée sur le front, Sofiane me dit :

– Je ne sais vraiment pas ce que tu lui reproches, à cet homme. Un beau brun ténébreux avec des billets plein les poches, je trouve ça plutôt tentant.

Et il rigole, très fort. Mais moi, je n'ai pas envie de rigoler. Alors il s'arrête et prend mon visage entre ses mains, comme s'il voulait me forcer à le regarder droit dans les yeux. Je détourne la tête, et lui me lâche.

Il me dit :

– Je n'aime pas les vieux, de toute façon.

Je ne le regarde toujours pas. Je m'allume une cigarette, et après avoir tiré une taffe, je m'applique à dessiner des ronds dans l'atmosphère soudain lourde.

Il y a un silence interminable, un silence qui dure. Le cri des goélands emplit l'espace. À son tour, il s'allume une cigarette, recule doucement et s'appuie dos à la portière avant. Il croise les jambes et, tout en tirant une taffe, je sens qu'il me lance son regard, son fameux regard à la fois moqueur et tendre. Qu'il m'agace, ce regard, qu'il m'agace.

– Allez viens, je lui dis, on se tire. Je ne sais pas toi, mais moi, je suis crevée.

Je le ramène jusqu'au centre-ville.

– Je vais prendre le métro, il me dit avant de me quitter, ne t'inquiète pas pour moi, on se voit bientôt.

Et il me serre de nouveau dans ses bras, ça dure, je ne veux pas qu'il parte. Lorsqu'il essaie de se dégager, mes bras le retiennent. Je m'en veux, je m'en veux tellement. Mais je n'y arrive pas, le lâcher. Je suis fatiguée, je vais pleurer, je le sens. Je desserre mon étreinte.

Il se dirige vers la bouche de métro, son téléphone à l'oreille, et de loin me fait un geste de la main. Je lui souris malgré moi et démarre.

J'ai dû me retenir une vingtaine de fois pour ne pas appeler Sofiane. Il est près de dix-neuf heures et je téléphone à Gatien en me demandant bien pourquoi. Je m'excuse, je m'engouffre dans un dédale de réflexions nébuleuses, baisse la voix, lui explique que j'avais besoin de faire le point. Qu'il y a certaines choses dont j'aimerais bien discuter avec lui. Il me propose de le rejoindre vers vingt heures dans un restaurant situé près du port, un italien à la mode, avec des banquettes rouges en velours rétro. « On sera tranquilles, il me dit, on pourra parler. » Dans le hall d'entrée, quand j'aperçois Gatien engoncé dans son petit costume bleu, assis les jambes croisées devant un verre de bordeaux, je n'ai plus du tout envie d'être là pour lui confier quoi que ce soit.

Je jette un œil à mon portable pour la dixième fois. Toujours pas d'appel de Sofiane. Il est vingt-deux heures, le serveur nous apporte les lasagnes à la truffe et le vin blanc, je m'endors à moitié, à entendre Gatien parler transactions immobilières et contournements fiscaux avec un de ses clients qui nous a rejoints dès l'apéritif, un métis coupe afro, habillé à quelques détails près de la même manière que Gatien. Ce mec aux mimiques insupportables croise et décroise sans cesse ses pieds chaussés de New Balance dorées, et passe son temps à mater mes jambes.

– Matt bosse avec les nageurs du Cercle, il investit dans l'immobilier pour les champions. Ces mecs ont une durée de vie limitée, faut bien qu'ils placent leur pognon avant que sonne le glas, me dit Gatien en posant la main sous ma jupe, caressant le nylon satiné de mon collant.

Il se remet à parler avec l'autre qui, sans retenue, suit maintenant des yeux la main de Gatien en train de migrer entre mes cuisses, et évoque avec un sourire narquois « une petite nana super canon » qu'il a récemment rencontrée et qui fait « des plaquettes de com du tonnerre ».

– Ça pourrait être pas mal pour ton cabinet.

Il dit ça en me fixant du regard, et moi, qui n'en crois pas mes oreilles d'entendre des conneries d'un niveau pareil, me demandant bien au juste ce que je fous là, d'un bond je me lève et leur dis de m'excuser, je suis fatiguée, j'ai des examens à préparer pour lundi, je rentre.

Gatien a l'air amusé lorsque je quitte précipitamment la table, renversant un verre au passage d'un coup de sac à main. L'autre con avec sa chemisette blanche et sa tête penchée sur le côté mate franchement mes fesses, un sourire niais aux lèvres.

Le lendemain, finalement, c'est Sofiane qui m'appelle et me donne rendez-vous à la terrasse de la Marine. Il est deux heures de l'après-midi, il porte des nouveaux vêtements et une montre de marque, je lui en fais la remarque et il élude en me disant que je suis, moi aussi, très élégante aujourd'hui. Je commande une salade, lui une assiette de frites. Il reçoit un coup de fil auquel il ne répond pas, puis un texto, et puis ça recommence à sonner, deux, trois fois, et il ne dit plus rien.

À un moment, un mec passe devant nous, un mec à casquette qui porte une planche de skate, et Sofiane se lève précipitamment pour le saluer. Pendant qu'ils se donnent l'accolade, qu'ils se marmonnent deux trois mots à l'oreille, s'agrippent les mains à ne plus en finir, sur son iPhone je vois apparaître ce message plus qu'évocateur : « Rendez-vous 16 heures comme on a dit, ramène ton petit cul. »

Mais qu'est-ce que je dois comprendre ?

Sofiane de toute façon ne m'en laisse pas le

temps. Raide droit devant moi, il m'arrache l'appareil et me dit :

– J'aimerais bien que tu t'occupes un peu moins de moi, Julia, on n'est pas obligés de tout partager. Vous êtes chiantes, les meufs. Qu'est-ce que tu me fais, là ?

Il part sans un mot, je ne le revois pas pendant trois jours. Et la seule chose qui me préoccupe est de savoir quand il va revenir, il me manque. Et je ne fais que penser à lui. Je tremble. Je tremble tellement que je n'ai plus envie de savoir quoi que ce soit.

Gatien m'a laissé des messages tout le week-end, auxquels je n'ai pas répondu, je n'ai toujours pas de nouvelles de Sofiane, je passe chez Alex. Je frappe fort à la porte et j'entends « Entre, petite ! ».

– Salut, Julia, me dit la mère d'Alex en sortant sa petite tête enrubannée de derrière les fourneaux. Tu mangeras bien une part de gâteau, ma belle ? T'es bien maigre, ces temps-ci.

Et elle me tend une assiette sur laquelle repose une part énorme de brioche recouverte de praline, avec une sorte de crème anglaise.

– Ça fait longtemps dis-moi, elle ajoute.

À peine ai-je le temps de prendre le dessert et de la remercier d'un baiser qu'Alex débarque et m'entraîne avec fougue vers le garage. Ce que j'y découvre provoque en moi un certain étonnement. En l'espace de deux semaines, Alex a réussi l'exploit de l'aménager. Incroyable. Des boîtes à œufs sont collées aux murs, de la moquette épaisse recouvre le ciment, une planche en bois immense posée sur des tréteaux occupe toute la largeur d'une moitié de la pièce. Je balade ma main sur le dossier d'un fauteuil en skaï monté sur roulettes. Un producteur de musique à gros cigare n'y verrait rien à redire. Et toutes ces machines impeccablement alignées les unes à côté des autres… En effet, ça a de l'allure.

– T'as vu, la classe, hein ? il me dit. Je te raconte même pas ce que je me suis envoyé comme morceaux. Des tubes interplanétaires, ma cocotte, une tuerie, je n'ai jamais autant travaillé, je n'en reviens pas moi-même. Je vais monter à Paris, voir si je ne peux pas décrocher un ou deux rendez-vous. Les mecs du studio m'ont dit qu'ils me fileraient la main.

Son regard dégage un je-ne-sais-quoi de fierté et d'assurance. Alex pianote sur l'écran de son ordinateur. Je le regarde fixement. Il a cette petite flamme dans les yeux.

– Écoute, il me dit.

Et il actionne sa dernière acquisition, « un nouveau logiciel son qui déchire de la mort ».

Alors que le son met finalement un peu plus de temps que prévu à démarrer, on entend une voix lointaine nous crier que le thé à la menthe vient d'être servi et qu'il faudrait venir le boire tant qu'il est encore chaud, « juste comme tu l'aimes, Julia », insiste la voix.

– Maman ! hurle Alex en levant les yeux au ciel, tu peux nous laisser tranquilles, s'il te plaît ?

J'éclate de rire.

Alex se lance dans des explications techniques auxquelles j'acquiesce poliment de la tête. Je suis sincèrement heureuse de le voir exalté, et je le trouve particulièrement beau quand il appuie sur tous ces boutons clignotant sur la console, mais je n'y peux rien, j'ai le visage de Sofiane qui revient sans cesse dans ma tête. Bientôt, ça m'occupe tant l'esprit, le ventre même, qu'à un certain moment je n'en peux plus et, entre deux sourires, je demande à Alex s'il n'aurait pas eu par hasard récemment de ses nouvelles.

– Parce que je suis vraiment inquiète, je lui dis d'une voix faible.

– Pourquoi j'aurais de ses nouvelles, il me répond d'un ton désinvolte. Vous vous êtes embrouillés ? il finit par ajouter, l'air franchement intéressé. À cause de ton cocaïnomane ?

– Non, je lui dis en m'asseyant sur ses genoux et en fouillant dans un de ses paquets de Camel, c'était juste pour savoir, comme ça. Et puis tu le sais très bien que je n'en ai rien à foutre de ce mec, tu le fais exprès ?

J'émets un petit rire en haussant les épaules et m'allume une cigarette. Tout en reposant le briquet sur le bois clair du plan de travail, je remarque, posée à l'autre bout de la planche, planquée derrière une pile de CD, une pochette en papier ouverte en grand avec, à l'intérieur, deux énormes pavés blancs recouverts de film plastique.

Ça fait cinq minutes que mes yeux n'arrêtent pas de faire des allers-retours entre le visage d'Alex, concentré à peaufiner un son, et ce qui visiblement ne sont pas autre chose que des pains de coke. *Merde, ça fait beaucoup, quand même.* Alex, absorbé, ne voit rien de mon air troublé, et lorsqu'il défait son casque, il lance à la cantonade, comme si de rien n'était :

– Ceci dit, d'après ce que racontent les mecs du studio à son sujet, ça ne m'étonnerait pas que Sofiane se planque, qu'il fasse profil bas. À tous les coups il a dû lui arriver une merde, ces jours-ci. D'ailleurs, à ce propos, va pas falloir que je traîne, j'ai promis d'être dans une heure à la Casté… Donner un coup de main, un atelier avec des gamins qui écrivent un rap. Il y a des enregistrements de prévu, et un clip à réaliser avec les mecs du studio…

Après avoir insisté lourdement auprès d'Alex, qui me prévient que je risque fort de m'ennuyer dans ce centre social rempli d'ados aux rires bêtes, j'obtiens gain de cause et l'accompagne.

Il pleut, il n'y a pas une seule fille dans les parages, que des garçons entre dix et quatorze ans. Deux énergumènes portant des pantalons de jogging coupés façon sarouel et des casquettes américaines sont en train de jouer au baby-foot, et moi je me dis que passer l'heure dans ce centre socio éclairé au néon et qui sent les hormones à plein nez risque d'être long. Alex reçoit un coup de fil.

– Hé, Ju, tu peux me remplacer ? Commencer à les faire écrire, avec tous tes diplômes tu dois pouvoir assurer. Je n'en ai pas pour longtemps, promis.

Un petit bout de dix ans ne me décolle pas d'une semelle. Dès que je fais un pas, il me suit.

– Hé, Ryan, il est où ton reuf ? lui demande un animateur de foot passé là récupérer je ne sais quel papier à l'accueil. On le voit presque plus, Sofiane.

Maintenant, Ryan se met en retrait et se poste face à l'unique fenêtre de la salle. Il regarde la pluie tomber, il a les yeux tristes, il serre fort ses petits poings dans les poches de son jogging, et moi, j'ai le cœur qui palpite.

Je me rapproche du môme. La main sur son épaule, je lui demande quel âge a son frère. Et c'est un autre garçon qui lance en rigolant :

– Il a un contrat sur la tête ou quoi, Sofiane ? Hé, Ryan ! Il a déménagé ? C'est qu'il fait moins le malin ton reuf, depuis qu'ils l'ont relâché. Balance, balance…

– Ta gueule, lui répond Ryan.

– Si on s'y mettait ? je leur dis, question d'esquiver et de parer à cette vague de trouble qui soudain me saisit le ventre. Si vous avez des choses à dire, mieux vaut les écrire sur des feuilles. Essayez, vous verrez, vous pourrez être surpris.

– Allez, madame ! ils me disent. On n'en a plus, des feuilles ! Pas pour écrire, en tout cas.

Ils se mettent à rire, ensemble, même Ryan.

– Prenez vos téléphones, les gars, je leur dis, encore toute tremblante, faites comme vous voulez. Vous avez raison, après tout, les feuilles, ça ne sert plus à rien.

Et ils sortent tous un iPhone dernier modèle.

Les gamins sont bavards. J'en profite. J'en apprends de belles. Des nouveaux mots, et des vérités que je ne soupçonnais pas.

Je n'en crois pas mes oreilles. La cité fourmille de poètes, et moi je ne m'en aperçois que maintenant. Je n'écoute que des mecs de L.A. Je n'y connais rien, à cette vie ici.

Ryan se détend. Moi aussi, et à force de le

questionner, j'apprends que Sofiane n'est pas vraiment son frère, mais son cousin.

– C'est pareil, il me dit.

Je navigue à vue, et à peine j'ai trouvé comment faire pour me connecter avec les mômes qu'Alex revient pour me dire qu'il doit filer au studio :

– Ici, il n'y a pas le matos suffisant.

Je fais comme si de rien n'était, comme si j'étais parfaitement à l'aise, dans ce préfabriqué, avec ces baby-foot, ces consoles de jeu, ces jeunes qui sortent et qui entrent. Tout le monde semble royalement ignorer ma présence. Je me demande bien pourquoi Alex m'a obligée à porter ce jean sans forme et ce sweat qui m'arrive jusqu'aux genoux.

Le restant de l'après-midi, avec les gosses du centre, on traîne un moment à droite à gauche autour du préfabriqué, et on se perd un peu dans la cité, équipés d'appareils photo et de dictaphones prêtés par le centre. J'arrive une dernière fois à les réunir plus de cinq minutes autour d'une table pour qu'ils lâchent une ou deux phrases sur papier. C'est drôle, j'en suis surprise moi-même, je prends goût à partager ces moments gais, plutôt désinvoltes, et c'est bien la première fois de mon existence que j'ai l'impression de servir à quelque chose. Me voilà, je ne sais pas pourquoi, qui m'emballe et suggère à ces mômes de s'aventurer dehors, au-delà du périmètre sacré de leur cité, je leur montre sur le Net qu'ils peuvent faire des choses sympas ailleurs, que ça n'est pas non plus à des années-lumière d'ici.

Au moment précis où on visualise le blog d'apprentis journalistes du 93, lequel, je leur dis, « pourrait vous servir de modèle, *why not* », un mec qui doit avoir la trentaine bien tassée, aussi large que haut, se poste à côté de nous et me fusille du regard. De sa voix sévère, il dit aux gosses d'aller au rez-de-chaussée chercher leur goûter, et aussi vite qu'il est apparu deux minutes plus tôt, il s'efface de ma vue.

À présent seule au milieu d'une salle qui sent fort la transpiration et les baskets mouillées, je récupère les feuilles gribouillées de trois ou quatre mots chacune et tente de les déchiffrer. Un quart d'heure plus tard, les mômes remontent, avec dans un sac en plastique blanc une brique d'Oasis, des petits pains au lait et une barre chocolatée, puis ils disparaissent aussitôt, Ryan compris, en chahutant. Aucun au revoir, aucun sourire, même pas un regard dans ma direction.

Ne sachant quoi faire en attendant qu'Alex revienne, je me vois proposer à ce type, qui malgré sa tête de bandit, semble à première vue jouer ici le rôle d'animateur en chef, de stocker les textes des enfants dans l'un des ordinateurs du centre. Tout en me toisant du haut de son petit mètre soixante, il m'indique d'un geste silencieux et péremptoire une salle remplie de Mac, avant de s'éclipser dans un bureau dont il referme la porte. Je m'installe, et à peine j'ai réussi à accéder à l'intranet sur l'un de ces ordinateurs qui, mon Dieu, semblent avoir à peine servi, puis à taper le pseudo-texte que chacun des enfants a tenté d'écrire à sa façon, qu'un gardien se ramène, un Noir gras comme un loukoum et au visage suintant. Il me prévient qu'il a reçu l'ordre de fermer les portes. J'essaie de gagner du temps en engageant la conversation. Et alors qu'il me raconte sa vie, insistant lourdement pour que la demoiselle ait l'amabilité de bien vouloir l'accompagner boire un Coca ou « n'importe, ce qui te fera plaisir chérie », et que j'essaie en même temps de télécharger vite fait les fichiers des gamins sur le blog du centre en contactant en vain Alex pour savoir ce qu'il fabrique, je vois débarquer Sofiane juste devant moi.

Sofiane s'interpose entre moi et le gardien, lui met une main sur l'épaule. Il a l'air tendu.

– C'est bon, Ali, elle est avec moi.

L'homme repart aussitôt, et moi j'appuie sur le mauvais bouton et supprime d'un seul geste tous les documents à télécharger.

– Merde.

La bouche de Sofiane est maintenant à dix centimètres de la mienne, il me regarde droit dans les yeux, me demande de laisser tomber ce « putain d'ordinateur ».

– Suis-moi, s'il te plaît.

Il me prend par la main.

– Squatter le centre socioculturel, abandonne cette idée, enlève-toi ça tout de suite du crâne, il me dit. Ces trucs-là, donner du rêve aux minots, ça doit venir de mecs de chez nous, parce que, ma belle, les Mère Teresa, ici, la vérité, c'est que personne n'en veut. Surtout quand elles sont blanches et trop bien gaulées. Je suis désolé, c'est moche mais c'est comme ça, Julia. Alex n'aurait pas dû te dire de venir avec lui et encore moins te laisser seule ici.

Il dit cette dernière phrase d'un ton sec qui ne

lui ressemble pas, et sur le coup, décontenancée par tant de dureté, je ne sais pas quoi lui répondre.

– On va passer par là pour rejoindre le parking, il ajoute en refermant la porte de derrière.

Je le suis comme un petit chien obéissant, silencieuse, pourtant je commence à sentir une pointe d'énervement monter dans mes narines. Il se dirige vers une série d'escaliers en béton donnant sur un passage sombre et humide, et moi, qui ne comprends pas vraiment pourquoi on est obligés d'emprunter ce dédale insalubre débouchant sur une tour immense alors qu'on aurait pu emprunter l'allée centrale à l'air libre, je lui crie :

– Sofiane, qu'est-ce qui te prend ?

Et je stoppe net mes pas.

Mon cœur bat un peu trop vite, je me sens prête à lui lancer des mots que j'ai peur de regretter aussitôt, et j'ai à peine le temps de réaliser quand, dans la pénombre, j'aperçois deux molosses à casquette se diriger droit vers nous.

Sofiane me tire violemment vers un recoin obscur. Il se tient debout face à moi, les mecs avancent toujours, deux secondes passent, je perçois le bruit de sa respiration. Quatre mètres à peine nous séparent alors des deux types, et d'un seul coup, Sofiane se jette sur moi, glissant sa main sur le renflement de mes seins, et il m'embrasse. Un instant, je sens sa langue fraîche glisser sur la mienne. Je n'en reviens pas. Mais ce geste inattendu ne dure pas, et Sofiane retire aussitôt ses lèvres.

Maintenant, il me tient serrée contre lui, son

souffle tiède caresse le bas de mon visage, et il ne bouge plus. Il se met à me parler doucement, le plus doucement possible, il me dit « Pardon, désolé », et sa voix me fait du bien. Mais il y a ce contact physique inachevé qui vibre encore en moi et dont je ne pourrais me contenter. Les mecs nous dépassent et disparaissent. Alors je ne peux y résister, à ce désir immense qui m'entraîne, à mon tour je pose mes lèvres sur les siennes. Un baiser suspendu, qui dure. C'est comme si le temps n'avait plus de prise. Sofiane plonge ses yeux dans les miens, entoure d'un bras solide mes hanches. Un feu se répand entre nos deux corps. Je continue à l'embrasser, encore et encore, et soudain, avec une énergie dont la force me traverse, Sofiane me soulève.

Ses gestes sont précis, maîtrisés, mais d'une infinie douceur. Il lève mon sweat et je sens son cœur battre, la peau de son ventre contre la mienne, je sens que tout s'ouvre en moi. Il déboutonne mon jean puis le sien. Je ne fais alors que me laisser porter. Je m'accroche à lui. Ses mains, ses mains sur mon sexe qui bouillonne et lui, lui qui s'enfonce, et je sens que ça monte, ça monte, ça me brûle presque. Il reste en moi, il me regarde toujours droit dans les yeux, la cadence du mouvement s'accélère, ça monte, ça monte et ça coule dans mes yeux, dans mon sexe, une onde aiguë qui vibre jusque dans mon bas-ventre, une onde comme des spasmes de chaleur.

On reste ainsi quelques minutes. Au loin le bruit d'un ballon qui atterrit sur le sol, quelques rayons de lumière transpercent une fente dans l'armature métallique du hall et dessinent au sol d'étranges figures géométriques au milieu des dalles de béton.

En nous rhabillant, ni moi ni Sofiane n'osons parler. Je prends sur moi et, en essayant de maîtriser au mieux ma voix, je lui dis :

– J'ai beaucoup aimé.

Il ne dit toujours rien. Je le sens mal à l'aise. Je dévie :

– ... être ici, m'occuper des enfants, de Ryan.

Et c'est comme si ce que nous venions de traverser n'avait jamais existé. Il démarre au quart de tour et me rétorque :

– Il ne faut pas que tu reviennes, que tu te mettes à te balader par ici. Qu'est-ce que tu crois. Ce n'est pas un parc d'attractions... Pardon, il ajoute aussitôt en posant sa main sur ma joue, le regard triste, si triste. Y a certaines choses qui sont impossibles à changer, Julia, même avec tout l'amour du monde.

Il me dit ça comme s'il n'y avait rien à redire, que tout était figé dans le marbre et que j'étais condamnée à accepter ses convictions comme une réalité indestructible. Mais au fond je n'écoute rien de ce qu'il essaie de me faire comprendre, ce sont des conneries, des trucs qu'il se répète machinalement pour lui-même parce qu'il a peur. Je le sais, moi, qu'il a peur, que c'est seulement une question de dépassement, un truc qui a à voir avec lui-même, rien que lui avec lui. Et je veux croire aux miracles, ça existe les miracles, merde.

Il me caresse la joue de nouveau, avec son sourire tendre.

– Joli sweat, il dit en se marrant, histoire de détendre l'atmosphère.

Une fois complètement rhabillé, Sofiane affiche de nouveau un regard anxieux. Il s'agite et regarde partout autour de lui.

– On se barre d'ici, le plus vite sera le mieux.

Et il m'entraîne entre les tours, allonge sa foulée, se met à courir comme si à présent notre survie en dépendait.

Je grimpe derrière lui sur son scooter. Il me tend un casque en me disant :

– Alex est parti avec les mecs du studio, à une teuf organisée dans un squat.

Dans un squat. Rien que d'entendre ce mot, des frissons me traversent, je lui réponds :

– Écoute, je ne sais pas si j'ai très envie d'y aller. Tu sais, les squats, ce n'est pas trop mon truc.

Sofiane n'écoute rien de ma réponse, il démarre en trombe. Je ferme les yeux. Je me dis que si je dois mourir aujourd'hui, il vaut mieux que ce soit ainsi.

Sous mon casque, les bruits de la circulation finissent par jouer à mes oreilles une sourde berceuse enivrante. Bientôt, je sens qu'on emprunte un chemin de gravier. Sofiane freine brutalement. La balade se finit déjà.

J'ouvre les yeux. Des murs délabrés. Des arcades ouvertes. Des mauvaises herbes dans les fissures du béton. Les basses qui s'amplifient à chacun de nos pas, à chaque mouvement de nos corps pour nous rapprocher de l'entrée.

Le son est fort. Sofiane s'approche de moi et me crie dans l'oreille :

– Alex ne doit pas être très loin !

Il s'avance de quelques mètres et ses yeux se portent sur un groupe agglutiné autour d'une montagne de câbles électriques qui grouillent comme des milliers de serpents.

– Il est là-bas, regarde, il aide les autres à installer les platines.

Il me montre Alex du doigt, debout, en train de décapsuler une bière.

– Rejoins-le, il ajoute, je reviens. J'en ai pas pour longtemps.

Je suis seule à présent. Dans un endroit que je ne connais pas et dont j'ignore tous les codes. Comme me l'a suggéré Sofiane, je me précipite vers Alex.

– Qu'est-ce que t'as foutu, je lui dis, je t'ai appelé mille fois. Et c'est quoi cet endroit ?

– Allez, détends-toi, il me dit avec son petit sourire en coin, je te rappelle que c'est toi qui as insisté pour venir.

Il a l'air défoncé et ne fait déjà plus attention à moi quand je lui rétorque que je n'étais pas censée finir dans un squat.

– Ce n'était pas au programme, Alex ! je lui crie alors qu'il me tourne le dos et se dirige vers les mecs du studio, en train de finir de poser les platines sur des parpaings.

Je me retourne et observe Sofiane qui finalement n'est pas allé bien loin. Il s'est déplacé d'une dizaine de mètres et discute avec une bande de crânes rasés, percés de la tête aux pieds, occupés à régler une sono sauvage dans une mini cour intérieure. Une sorte de patio dont les arches, qui encadrent cet espace minuscule, ne tiennent plus que sur quelques briques, que l'on dirait simplement empilées les unes sur les autres. Difficile pour moi de ne pas les imaginer s'écrouler à la moindre vibration sonore un peu trop puissante.

Dans cette ambiance anxiogène faite d'humidité et de poussière qui me transperce du bout des orteils jusqu'au sommet du crâne, et parce qu'il faut bien que je trouve quelque chose pour me changer les idées, sinon je crains le pire, la crise d'angoisse qui surgit et ne plus rien pouvoir contrôler, j'imagine ce que je pourrais photographier si j'avais le courage de sortir mon iPhone. Ce couple enlacé, au premier plan. Peut-être flou, pour devenir deux vagues silhouettes s'effaçant devant cet énorme graffiti peint sur la paroi du fond. Immobile debout, transportée par le spectacle de ce garçon et de cette fille en train de s'embrasser, j'oublie mon inconfort. Et mon esprit divague, loin, très loin, dans les tréfonds de mon cœur.

Au son strident d'un sifflement aigu et continu sortant d'une des baffles situées à quelques mètres derrière moi, je sursaute. Je cherche Alex des yeux et constate avec effroi qu'il a tout bonnement disparu.

Je prends conscience de la foule qui m'entoure. J'ai les mains moites, la gorge sèche. Je m'approche du bar, espérant croiser une connaissance. Personne. Aucun visage familier ne se détache. Et ce salaud d'Alex qui ne pense qu'à lui. Je le déteste, je le déteste de nous avoir attirés dans cet endroit sombre et sale, au milieu de ces gens inquiétants dont certains se promènent avec des chiens. Et ce piège qui se referme sur moi. Et cette impossibilité de m'échapper. J'aurais dû insister, prendre la Cooper, je serais repartie, directement.

Mon souffle s'emballe et se bloque au fond de ma cage thoracique.

Je me reprends, je laisse la peur m'envahir, et puis elle part. Aussi vite qu'elle est entrée en moi.

J'ai en ligne de mire le sourire réconfortant d'un garçon qui porte des locks nouées en chignon sur le haut du crâne. Il me questionne des yeux et pointe l'index vers une glacière remplie de bouteilles en verre et de glaçons. J'articule de mon mieux :

– Une Leffe, s'il te plaît.

Il ne me comprend pas. Le bruit de la musique est trop fort. Je m'approche de son visage et je sens sa peau chaude et humide contre ma joue.

Alex choisit ce moment pour réapparaître.

Il veut me montrer un tag incroyable dans une salle reculée du squat.

– Glauque, mais génial, il insiste.

Nous traversons la foule. Alex me prend la main et nous descendons d'un étage en empruntant des marches incertaines. Mes bottines s'enfoncent dans ce qui ressemble à de la laine de verre. J'évite de marcher sur les bris de verre qui traînent un peu partout. Et quand entre deux pas maladroits je relève les yeux, je n'ai que le dos d'Alex devant moi, son sweat à capuche coloré.

Dans le recoin de toilettes carrelées, sur le crépi jaune suintant, la silhouette d'un jeune mec dessinée à la bombe, avec en dessous ces mots écrits au feutre, « I HATE ALL OF YOU ». Glaçant. Alex m'explique qu'on se trouve dans un ancien établissement pénitentiaire. Que demain un financier transformera tout ça en un luxueux centre de balnéothérapie. Qu'ici, pendant plus de cinquante ans, on a enfermé des adolescents, des délinquants.

Je frissonne. Je me fais la réflexion que le

fantôme de ce gamin suicidaire ne sera bientôt qu'un lointain souvenir recouvert par une couche de peinture reluisante. Et pourtant. Tout ça me touche. Un peu trop. Assez du moins pour sentir, l'espace d'une seconde, le sol se dérober sous mes pieds.

On remonte. À l'étage, les gens dansent. Je me mets moi aussi à danser. Au début, timidement, je vérifie tout le temps qu'Alex ne se trouve pas trop loin de moi. Et je danse de plus en plus. Puis à un moment, j'aperçois Sofiane adossé à une colonne en métal, en train de parler avec une punkette au visage tatoué. Il a une cigarette entre les lèvres, et l'autre, debout en face de lui, sourit les yeux mi-clos, une main posée sur son épaule. Le spectacle évident de cette pseudo-parade amoureuse me saisit. J'arrête de danser et les fixe furieusement. Sofiane se retourne et fait semblant de ne pas me voir, il m'ignore, j'ai le cœur qui sort de ma poitrine.

Je sens mon estomac se nouer, mes jambes qui flageolent, des picotements dans ma gorge. J'ai beau me répéter mentalement de lâcher prise, ça ne fonctionne pas. Heureusement, ces sons électroniques m'enivrent. Leur force balaie tout sur leur passage, et comme si à présent ma propre matérialité en dépendait je me raccroche à eux, et je trouve ça dingue et si fort à la fois, que la musique ait ce pouvoir de me connecter à chaque cellule de mon corps. Elle m'enveloppe définitivement et m'emporte.

Une voix d'homme s'élève. Les jolies filles

portent des robes. Leurs pères ne les laissent sortir que si en retour elles les embrassent et leur jurent qu'elles n'aiment qu'eux. Les samples électroniques les rendent folles, elles entrent en transe. Plus besoin de séduire. Un autre monde s'offre à elles. Rien à foutre. La danse pourrait durer toute la nuit. Pourvu que ce son ne s'arrête jamais. Leur maquillage a fondu. Elles n'ont jamais été aussi belles. Elles rentreront seules. Elles seront tristes. Porteront en elles le deuil de ces sons démoniaques.

Je n'ai rien vu venir, et voilà que je relève la tête sur les premières notes d'un nouveau morceau et que je me retrouve, avec tous ces tarés de crânes rasés qui zonent encore dans le squat, entourés par une armée de flics qui braillent « Contrôle d'identité, personne ne bouge ! ». Trois d'entre eux tiennent en laisse des chiens-loups qui halètent, la langue pendante et la queue en mouvement.

Mon regard ose une envolée au-delà du cercle que ces espèces de molosses à la mine patibulaire ont formé autour du groupe de danseurs et qu'ils referment maintenant peu à peu sur eux. D'autres intervenants musclés et hargneux portant des gilets pare-balles sont postés en grappe, ils bouchent entrées et sorties. Je n'en reviens pas, les mecs lèvent des boucliers et des matraques, merde.

Les chiens aboient, s'en donnent à cœur joie, les yeux exorbités, les pupilles dilatées, ils s'élancent et fourrent leurs putains de museaux humides partout où ça leur chante, autant à l'intérieur de nos vêtements que dans nos chaussures. Un chien s'approche maintenant de mon sexe et se met à le renifler frénétiquement. Un des maîtres-chiens lance :

– Si vous bougez, il vous bouffe une artère et vous vous retrouvez à l'hosto.

Je suis tétanisée, comme tout le monde ici, je crois. La musique donne une tonalité cinématographique à cette intervention démesurée.

Après la fouille, on est sommés de former une ligne et de défiler les uns derrière les autres jusqu'à un mec habillé en bleu marine qui poliment nous demande de lui montrer nos papiers d'identité. En me redonnant mon passeport, il me lance un sourire mécanique et me conseille vivement de dégager d'ici sur-le-champ. Les autres, exclusivement des garçons, sont plaqués contre les murs salpêtrés du squat et aussitôt menottés. Je dénombre une vingtaine de personnes ainsi immobilisées, parmi lesquelles se trouvent regroupés Alex et Sofiane, ainsi que tous les mecs du studio.

Alex, les mains croisées dans le dos, passe à côté de moi. Il est complètement affolé, bégaye, il me supplie de foncer au commissariat. Il parvient à me glisser quelques mots :

– Ces cons seraient capables de me coffrer en m'accusant d'être un de ces terroristes d'extrême gauche, va savoir. Le terrorisme, ils n'ont que ce mot à la bouche en ce moment. Tout ça pour deux pauvres boulettes de shit retrouvées dans la poche avant de mon jean, ça va me retomber dessus. À coup sûr. Ce sont des gros bourrins, Julia, ils vont me défoncer.

– Mais qu'est-ce que tu veux que je fasse, Alex ?

– Appelle un de tes potes avocats, je sais pas, fais un truc, merde. Si ma mère apprend ça, elle est capable d'avoir un malaise.

Sofiane passe à son tour à côté de moi, silencieux. Libre. Il me jette un regard inexpressif et placide qui me fait frémir.

J'enfourche le scooter d'Alex et file en douce vers le centre-ville.

Gatien ne répond pas quand je l'appelle, et moi, qui pense à dix mille tours-minute, je tâte mes poches, tombe sur mon trousseau de clés, où sont encore accrochées celles de son appartement. Je respire un bon coup. Merde, merde. Je n'ai pas vraiment le choix. Je fonce chez lui.

Je mets la clé dans la serrure. Le salon est noir et silencieux, je pousse la porte de la chambre. Gatien est là, allongé, il dort, je le vois dans la pénombre, il a l'air tellement paisible. Je m'allonge à ses côtés. Mon doigt suit la courbe parfaite de son nez, le contour ourlé de ses lèvres entrouvertes. Je me blottis contre lui, son corps est chaud. Il se retourne, ouvre les yeux et me sourit, et c'est vrai qu'il est beau, et son regard d'une intensité si profonde. Et ses gestes pour une fois sont si tendres. Il me déshabille doucement, il fait glisser mes vêtements. Je suis nue et il me caresse. Il m'embrasse sur tout le corps. Il le fait bien, doucement, et il m'embrasse le sexe, fort, avec sa langue et ses lèvres, ça me brûle et je passe la main dans ses cheveux et il continue, maintenant il m'effleure, souffle, et je n'ai plus envie de fuir, ni que ça s'arrête. Je cambre les reins et il reprend, il attache ses mains aux miennes, il les plaque contre l'oreiller, il aspire et enfonce sa langue et je jouis.

– Je savais que tu viendrais, Julia, je le savais. Tu vas être bien ici avec moi, je te le promets. Reste.

Il me dit ça dans le noir, et il me serre dans ses bras. Il me serre si fort et si longtemps qu'au bout d'un moment je ne le supporte plus, j'étouffe, j'étouffe, il faut que je me retourne. Ses mains agrippent mes seins, je suis immobile, je sens qu'il ne veut plus me lâcher, et ça m'insupporte. J'ai des bouffées de chaleur, je regarde le mur, ces mots sont prêts à sortir, « Lâche-moi », mais je pense à Sofiane, à cette façon horrible qu'il a eue de me délaisser, juste après, seule, et ça me brûle dans le ventre, et ça fait monter mes larmes, et dans le noir, je sens ma gorge se nouer et je me tais.

J'attends, j'attends, j'entends la respiration régulière de Gatien et, petit à petit, je me décolle, puis je parviens à me retourner, et je lui chuchote à l'oreille « Gatien… », et mes mots qui ressemblent à un souffle ne lui parviennent pas.

– Gatien, j'ai besoin de toi. Faut que tu m'accompagnes au commissariat. S'il te plaît.

Alors que je suis assise sur le scooter à l'arrêt, à attendre devant le commissariat, Gatien ressort avec Alex. Des camions poubelles s'arrêtent tous les dix mètres et ça fait un raffut d'enfer dans le silence du petit matin. Je les vois tous les deux de loin, qui discutent un moment, puis Gatien s'approche de moi en me tendant une liasse de papiers.

– Bien joué… Trois grammes de cannabis et vingt grammes de cocaïne sur soi, difficile de boxer dans la catégorie simple consommateur, mais pas assez non plus pour se prendre dix ans de taule, y a moyen de rattraper le coup. D'ailleurs, il me dit, puisque tu as l'air d'y tenir tant que ça, à te faire la main, on n'a qu'à convenir que tu commences ton stage avec un peu de retard, ma belle… Tiens !

Il me remet ce tas de paperasses auxquelles, c'est couru d'avance, je ne comprendrai rien.

– À toi de jouer, Julia, je suis sûre que tu t'en sortiras très bien toute seule.

Et il repart, l'air amusé. Je serre les dents et le traite dix fois de connard.

Je reste digne autant que possible, et propose à Alex de conduire le scooter.

– Ça vaut mieux, tu n'es pas en état, je lui dis.

J'essaie de démarrer cette vieille tôle pourrie, une fois, deux fois, je m'en veux tellement d'être aussi maladroite, d'être incapable d'assurer, le moteur reste silencieux, et là, j'éclate en sanglots.

– Laisse tomber, me dit Alex.

Alex roule vers chez nous. Il est muet. Ça ne lui ressemble pas vraiment. Je lui pose une ou deux questions, il ne me répond pas. Les seuls mots qu'il me dit, c'est à la fin, quand il gare le scooter devant chez lui et que je m'apprête à regagner à pied la maison.

– Alors comme ça, c'est ce mec qui a deux aspirateurs à la place des narines qui va me défendre ? Super, Julia, super. Eh bien, je suis mal barré, si tu veux mon avis.

Il m'attrape le bras et me demande de l'attendre ici, dehors. Alors que je crève de froid, merde, qu'il voit bien que je fais comme si de rien n'était mais que je tremble comme une feuille.

– Deux secondes, j'en ai juste pour deux secondes, il me dit, me posant la main sur l'épaule.

Lorsqu'il revient cinq minutes plus tard, les yeux me sortent de la tête. Lui a l'air franchement agacé, il me tend trois sachets en me disant :

– Tu donneras ça à ton connard de mec. Ne change surtout rien, Julia, t'es vraiment super comme amie.

Je frappe du pied, je lui dis :

– Pourquoi t'es si méchant avec moi, Alex ? Je n'avais pas vraiment le choix, il n'y avait que Gatien pour te sortir de là. Et d'ailleurs, qu'est-ce que tu fabriques avec toute cette coke chez toi ? Explique-moi. Tu m'as toujours dit que tu refusais d'en vendre, que c'était de la merde de capitaliste pour trous du cul, cette dope… Alex ?

– Il faut que je te laisse, excuse-moi, on verra ça plus tard, il me répond en me tournant le dos. Y a ma mère qui m'attend, elle est dans tous ses états.

Lorsque je mets un pied dans le salon, Maman, bagage en main, est en pleine discussion avec Papa. Ils s'arrêtent un instant de parler en me voyant passer devant eux avec mon sweat qui m'arrive aux genoux.

– Tu tombes bien, dit ma mère en laissant tomber sa valise sur le sol. J'allais justement t'appeler pour te demander où tu étais encore passée.

Elle s'absente pour le week-end, me prévient-elle, fixant Papa d'un œil plein de défi. Un salon de l'onglerie, organisé sur Nice. Pour rebondir. « C'est inespéré », comme elle dit, en regardant maintenant par la baie vitrée, les yeux dans le vague.

Papa tousse, puis prend la parole, insiste pour la conduire. Question de saluer au passage un ou deux frères de guerre installés dans l'arrière-pays niçois, pour ne rien oublier de ce qu'ils ont traversé ensemble. Mais moi je me doute bien que Maman, apprêtée dans son faux vison et sa robe rouge carmin ressortie pour l'occasion, n'a qu'une seule idée en tête, et lui qu'une peur, la laisser seule dans la cage aux lions, et qu'elle se fasse baiser par le premier taré qu'elle croisera.

Je me sers un café. Eux se tournent autour dans le salon.

Maman se demande s'il ne serait pas judicieux de prendre le train, et qu'il vienne la récupérer en voiture seulement le samedi soir. Papa la jauge de la tête aux pieds. Lui répond, en s'emparant d'un air bourru du vanity-case de voyage :

– Tu n'y penses pas, Viviane, un vendredi soir, sans réservation, tu vas te retrouver debout entre deux wagons pendant tout le trajet.

C'en est devenu si pathétique, de les voir se jouer la comédie à ce point, avec leurs rides et leurs corps lourds à l'odeur dure et rance, leurs viscères qui pourrissent et eux qui ne le sentent même pas. Qu'ils partent. Du vent. Que je respire enfin.

– Fous-moi la paix, dit Maman à Papa. Il faut bien que je me ressaisisse, Paul, c'est fini l'institut, fini. Lundi, ils auront tout embarqué, mes tables de massage, mes huiles, mon stock de parfums, mon matériel de bureau. Je ne veux pas voir ça, tu comprends, je ne peux pas.

Je bois d'une traite mon Nespresso. Papa quitte la maison en claquant la porte, et je vais me coucher.

Le soir même, Maman, à l'autre bout du fil, dans un brouhaha, me prévient entre deux éclats de rire éméchés qu'elle risque de se prendre quelques jours supplémentaires, pour tester un séjour thalasso offert par un de ses nouveaux fournisseurs. Que ce serait bien que je prévienne moi-même Papa, pour qu'il ne s'inquiète pas pour rien. « Bonne soirée, ma chérie, et pense à sortir les poubelles. »

Je raccroche avec la hantise de devoir appeler Papa et de l'entendre haleter de rage à l'autre bout du fil.

Alex, assis sur le rebord de la fenêtre, une bière à la main, un joint dans l'autre, continue son analyse abracadabrante et me dit que, s'il s'est fait arrêter, c'est que sûrement quelqu'un a dû le dénoncer, et :

– … le fait que Sofiane soit finalement dehors sans qu'on l'ait remis au trou, en dépit de la fragilité de sa situation, crois-moi, ça n'a rien de rassurant. Les mecs du studio disent vrai, ajoute-t-il entre deux gorgées de bière, à tous les coups

Sofiane rancarde les flics sur des trucs et eux, en échange, ils lui foutent une paix royale.

J'insiste :

– Ce sont des rumeurs, Alex, tu devrais arrêter d'être aussi parano. Sofiane, un indic ? Tu nages en plein délire.

– Peut-être, il dit en venant s'asseoir à mes côtés sur le canapé, mais en attendant, moi, je suis grave dans la merde, Julia.

Je repense aux paroles de ce môme, « Balance, balance… », et à l'autre soir, rue Sainte, mais je laisse filer le truc. J'attrape la main d'Alex, il me regarde dans les yeux. J'y vois comme un mélange de tristesse et de crainte. Il a l'air perdu et désemparé, il presse ma main, ne la lâche plus, j'ai la gorge qui se noue, je le prends dans mes bras avant que ce ne soit moi qui me mette à chialer. Je le serre.

– Ça va aller, je lui dis, ça va aller, ne t'inquiète pas. Gatien me l'a assuré, c'est rien vingt grammes. Mais mieux vaut dire à Walter de planquer sa dope ailleurs, imagine que les flics débarquent chez toi, tu ne vas pas trinquer pour lui ?

Et c'est tellement bon, d'un seul coup, de sentir la chaleur du corps d'Alex contre moi, c'est comme si je n'avais plus aucune raison d'avoir peur de quoi que ce soit, de tout ça, et que tout est là, maintenant, au bon endroit.

– Si on se mettait un bon vieux Bob pour se remonter le moral, il reprend sur un ton enjoué. Elle doit bien avoir ça, ta follasse de mère, du Marley, dans sa collection de CD pourris.

Je desserre mon étreinte, il me sourit.

– T'as raison, Julia, il dit, je m'inquiète pour rien, c'est que dalle après tout. Ils n'en ont rien à faire, de ça. C'est du lourd qu'ils cherchent à lever, des coffres de bagnole, des réseaux internationaux, pas un teubé comme moi.

Et on se met à danser, à rire de cette histoire, de ces tarés de flics habillés comme des GI. Une bonne heure à oublier tout, à se marrer, puis un peu plus tard, Sofiane m'appelle pour me prévenir qu'il est dans le coin.

– Passe si tu veux, je lui suggère sans réfléchir.

Alors tout fout le camp, sur deux trois mots. J'ai peur d'avoir fait une erreur, parce que le visage d'Alex se referme et il se met à fuir mon regard. Son corps recule à l'autre bout de la pièce.

Sofiane est là depuis une demi-heure, le lecteur de CD tourne à vide, Alex se resserre une bière et attrape un des *Biba* qui trônent sur la pile de magazines féminins rangés sous la table en plexi.

– Que des tepus, il dit, en matant l'interview d'une jeune actrice bon chic bon genre en train de se pavaner sur une photo pleine page, en petite robe noire, au milieu d'un foyer de migrants africains rempli d'enfants décoiffés au nez plein de morve.

Je le regarde et je ne sais plus comment réagir.

On a dévalisé le bar de Maman. Sofiane boit du rhum, de la vodka, il s'amuse à faire des cocktails avec du sucre de canne, du citron, de la menthe et de la pastèque, et dégote un vieux disque d'Abba parmi les CD. Il gigote dans tous les sens. La table basse est devenue collante, Alex reste prostré dans son coin.

– Viens avec nous, je lui dis en lui tendant la main.

Il finit par poser son magazine, s'assied à côté de nous. Il avale de la vodka pure, un verre puis deux, ne dit toujours pas un mot. Sofiane plaisante, donne des noms extravagants à ses cocktails. Ça sonne faux, ça alourdit encore un peu plus l'ambiance. Puis Alex se lève, manquant de renverser le reste de son verre sur mon jean, et annonce qu'il s'en va.

– J'ai un rendez-vous de prévu, une soirée.

Sofiane le taquine :

– Et quoi donc, mon cher Alex ? Une nouvelle fête avec tes potes de la Casté ?

– Quel humour... répond Alex d'un ton grognon.

Sofiane rit et lui dit :

– Pense quand même avant à vider tes poches, mon gars.

Alex part en me lançant un regard noir dont je sens la fureur me traverser. Et ça me brise le cœur. Je le rejoins devant la porte d'entrée. Il me glisse :

– J'en peux plus de ce mec, c'est un vrai *boucan*, il ne fait qu'attirer les emmerdes. Libre à toi de faire ce que tu veux, Ju, mais à mon avis tu ferais mieux de prendre un peu tes distances.

Il s'en va.

Je retourne m'asseoir sur le pouf en face de

Sofiane, et je bois encore et encore. Je pense à Alex, à son regard si grave. Puis je sniffe tout ce que Sofiane a apporté. Je prends même des pilules couleur jaune canari avec une lettre écrite dessus. Et je ne pense plus à rien.

Plus tard, on se prépare. Je récupère de l'argent et un peu d'herbe sous mon lit. Sofiane, tout en se regardant dans le miroir de ma penderie, me félicite pour l'ingéniosité de cette planque hors de tout soupçon, et ajuste le col de son polo. Je mets mes boots à talons et mon Perfecto que je ressors du dressing pour l'occasion, et on quitte la maison en braillant. On doit rejoindre les autres dans une fête, chez Lola. Elle a emménagé dans un loft, à Pointe-Rouge, tout près de la plage.

– Tu vas voir, c'est canon, me dit Sofiane. Du grand grand luxe.

– Comment tu sais ça ? je lui dis.

Sofiane fait comme s'il n'avait rien entendu, m'attrape par l'épaule et m'embrasse furtivement sur les lèvres.

– Go ! il dit en me tirant par la main.

On prend la Cooper. Je roule vite sur la Corniche. Sofiane sort une clé USB, des morceaux de rap que je ne connais pas. Des mecs de Detroit.

– Un flow mortel, il me dit.

Il monte le son, les vitres de la voiture vibrent. Les mots du mec qui rappe piquent comme des aiguilles, déferlent dans une rage qui me fait monter le sang à la tête. Je suis assise au volant mais je vole. J'affronte une tempête, des éclairs, des cumulus infernaux, je suis un albatros. Je rejoindrais bien l'autoroute pour rouler des heures comme ça dans la nuit, sans but.

On se gare dans un parking désert qui longe la plage, on finit d'écouter un dernier morceau, puis on sort de la Cooper en claquant les portes. Le vent souffle très fort. J'emprunte à Sofiane sa casquette pour que mes cheveux ne s'emmêlent pas.

Il n'y a que l'avenue à traverser et un escalier à gravir pour atteindre le quartier des villas.

La grille automatique s'ouvre. Elle donne sur une cour pavée, avec des lauriers-roses, des oliviers, des citronniers, au fond de laquelle s'élève la façade d'une bâtisse percée d'une immense baie vitrée. On aperçoit à travers l'intérieur d'un salon un volume gigantesque divisé en deux niveaux. Au centre de la cour, regroupées autour d'une fontaine, une vingtaine de personnes s'agitent en discutant ou en dansant, une coupe de champagne à la main. Sofiane dit :

– Ça pue le fric à plein nez, on va bien s'amuser, hein, Julia ?

Nous sommes là depuis dix minutes à peine. J'ai déjà bu deux verres et j'observe avec amusement les allées et venues de certains dans les pièces alentour. Je sais lire dans leurs pupilles et dans leurs gestes soudainement décomplexés, et je suis prête à parier que Gatien a déjà procédé à la distribution. Où est-il, d'ailleurs ?

Quand je me retourne, c'est d'abord Sofiane que je vois, en pleine discussion avec Lola. Le garnement la déshabille du regard et elle, en retour, n'arrête pas de lui sourire bêtement, ne sachant plus quoi faire de son corps sensuel moulé à la perfection dans une très petite robe noire. Elle se dirige vers le bar, près de la baie vitrée. Le haut de son corps ondule nonchalamment au rythme de ses pas distingués, sur de hauts et magnifiques escarpins vernis. Sofiane regarde ses fesses avec insistance et, maintenant, sourit lui aussi bêtement. Il s'avance d'un pas assuré vers elle, avec ses baskets toutes neuves aux tonalités rutilantes, et il lui tend sa coupe vide, qu'elle s'empresse de remplir de champagne.

Une blonde un peu fade que je connais de

vue interrompt le spectacle en se postant juste devant moi. Elle me demande des nouvelles d'une fille qui est censée être dans ma promo. Est-ce qu'elle envisage toujours de passer son concours, parce que c'est vrai, ajoute-t-elle en me faisant un clin d'œil, elle n'a pas vraiment le niveau, Charlotte. Et comme je n'ai aucune intention de lui répondre, elle comble le silence en se mettant soudain à me parler d'elle-même, dans un débit insensé et saccadé. Je ne fais même pas semblant de l'écouter, à peine si je me contente de hocher la tête de temps en temps.

Alors que la fameuse Cécile – je me souviens enfin de son prénom – me demande où j'ai trouvé ce blouson en cuir, et que, agacée par le comportement de Sofiane avec Lola, je balaie du regard l'ensemble des convives, je sens soudain une présence qui m'observe. Gatien est là, assis juste devant moi, à même le sol de béton ciré, sur la dernière des marches qui rehaussent d'un peu moins d'un mètre l'autre partie de la pièce. Il reste dans cette position et lève son verre comme pour me saluer, étire son grand corps sur toute la hauteur des marches, éclate de rire.

Je plante la fille, qui continue à parler toute seule, et je vais m'asseoir à côté de lui. Là, il me dit :

– Autant que tu le saches. Après tout, c'est ton affaire maintenant. Alex va de nouveau être convoqué. J'ai reçu une note du juge d'instruction, il veut réinterroger tous les mecs de la Casté qu'ils ont serrés le soir de la descente. Alex compris. Alors il ferait mieux de s'y préparer. Ce n'en est pas fini pour lui, loin de là, peut-être même que ça ne fait que commencer.

Et, tout en jetant un coup d'œil amusé en direction de Sofiane, il ajoute en ricanant :

– On dirait que ta petite pute a trouvé une autre proie, Julia. Il faut dire qu'il a de quoi faire, cette timbrée de Lola a toujours eu un penchant pour l'exotisme. Se taper des petites frappes, elle trouve ça sexy.

Cette dernière parole me sonne. Quelque chose alors se passe en moi, quelque chose qui me rend subitement extrêmement nerveuse et m'empêche de rester une minute de plus dans cet endroit. Je repars seule, immédiatement, sans prévenir Sofiane, trop occupé, avachi sur un canapé en velours, à tenir par le bassin Lola qui se trémousse comme une damnée. Je passe plusieurs coups de fil à Alex, qui ne me répond pas. Je laisse un message succinct sur son répondeur : « Rappelle-moi, s'il te plaît, rappelle-moi. »

Il est déjà trois heures du matin. Alex ne m'a pas rappelée. J'ai écumé tous les bars de nuit, je marche sur les quais sans vraiment savoir où mes pas me mènent, et puis finalement Sofiane m'appelle pour savoir où je suis passée. Il me rejoint sur le port, pas très loin du môle où ont accosté les grands voiliers.

Sofiane veut à tout prix aller dans ce bar près de l'opéra. Avant de quitter le quai, je regarde une dernière fois les bateaux, dont les coques font maintenant des va-et-vient inquiétants vers le muret où sont fixés les anneaux d'amarrage. Des mâts s'agitent au loin, les mastodontes en carbone équipés d'antennes et de cabines surdimensionnées situés à l'autre extrémité du port forment comme des verrues dans le paysage. Tout ça s'agite, et je me dis que si le mistral fraîchit encore et encore, il pourrait y avoir des dégâts.

On entre, des hommes s'enlacent dans la pénombre. C'en est trop pour moi, je suis au bout de mes forces, prête à cracher sur la moindre personne qui oserait poser un simple regard sur moi. Sofiane m'agace à se tortiller, une cigarette coincée entre les lèvres, levant les bras. Je veux rentrer, aller frapper à la porte d'Alex, le serrer de nouveau contre moi, mais, incroyable, parmi cette foule de dégénérés j'aperçois ce connard de Jacques en plein bouche-à-bouche avec un blondinet latexé de la tête aux pieds. Je fais celle qui n'a rien vu, lui me voit et me fait signe de le rejoindre. Sofiane est déjà accoudé au comptoir, en train d'alpaguer le barman et de commander deux mojitos. Je m'avance vers Jacques.

– Hé, il dit en dégageant sa main du visage du mec, mais on dirait bien que c'est notre petite avocate. T'as pas l'air dans ton assiette, Julia, peut-être qu'une petite vodka te ferait du bien. Hep, colo, il dit en s'adressant au serveur, sers donc une petite limonade à ma petite princesse.

Réflexe. Je lui jette en pleine gueule le premier

verre qui me tombe sous la main et le traite de sale maque. Lui, tellement saoul, ne réagit pas. Ça le fait marrer. Ce con est pris d'un fou rire.

– Allez, il dit, mais c'est qu'elle est susceptible cette petite merdeuse. Telle mère, telle fille.

Le blondinet trans s'allume une clope. Jacques regarde maintenant vers Sofiane. Avec insistance. Sofiane en pleine discussion avec deux mecs. Je les reconnais. Sans la moindre hésitation. Deux des types de la rue Sainte. J'essaie de recoller les morceaux. En vain. Et Jacques dit :

– Sans blague, ton p'tit copain a la cote avec les flics ! Eh bien, ma chérie, j'en connais un qui va être content. Un Arabe, mouchard de surcroît, ça va être ta fête...

– Ça ne te regarde pas, je lui réponds avant de détourner la tête.

Sofiane se ramène. Jacques lui serre aussitôt la main et échange avec lui quelques mots sans le quitter du regard. J'entends quelqu'un siffler derrière moi.

Je me retourne. Le barman a les deux bras levés, avec dans chaque main un verre translucide débordant de glaçons et de menthe. Je me précipite vers lui. Je lui tends un billet et, totalement tétanisée par ce qui est en train de se passer, j'attends pour récupérer la monnaie, sans oser me retourner. Les secondes s'écoulent.

Je prends les billets, laisse les pièces sur le comptoir, respire un grand coup et reviens avec les verres. Sofiane est maintenant assis sur un tabouret. Et putain, comment est-ce possible,

Jacques lui sert du whisky. Merde. De cette saloperie de whisky qui n'est bu que par les vieux lubriques dans les bars de nuit. La bouteille que pose Jacques sur le comptoir est à moitié vide. Je me dis, *Ce con doit être là depuis un moment, à moins qu'il ne soit un de ces habitués, glauques, tellement glauques, qui laissent leur bouteille sur place et la récupèrent les soirs suivants.*

Je pose alors un des verres de mojito juste à côté de la bouteille. En un geste que j'espère assez brusque pour marquer mon mécontentement. Mais rien. Ni Jacques ni Sofiane ne réagissent. J'ai l'impression d'être inexistante.

Je reste là quelques minutes, plantée devant eux. Je suis invisible. Muette. Et maintenant je sens ma tête s'engourdir. Un peu trop. Je me reprends et, mon mojito à la main, une paille entre les lèvres, je me dirige vers l'extérieur.

Devant le bar, les deux flics, habillés chacun du même blouson noir, fument en regardant leurs pieds. Entre eux et moi, un nuage de fumée fait écran. L'image me paraît irréelle. Je m'approche vers le plus petit, comme pour me persuader que je ne suis pas victime d'une hallucination, lui demande une cigarette. Aussitôt l'autre, le chauve, m'en offre une, me faisant comprendre d'un simple regard de les laisser tranquilles.

Je pars m'asseoir au bord du trottoir. J'ai froid, j'en ai assez, l'alcool ne suffit pas à me réchauffer. Le vent souffle trop fort. Je me dis, *Je vais me réveiller, tout ça n'est qu'un mauvais cauchemar.*

En rentrant dans le bar, je finis mon verre, cul

sec, et le pose sur le premier rebord de table que je trouve.

Et je repars seule. Dans la nuit et dans le vent. Je plaque mon Perfecto contre mon corps.

Quand j'arrive au niveau de la Cooper, deux Arabes attendent devant. Celui à qui je refuse de donner une cigarette s'approche de moi et se met à me tourner autour en sifflant.

Je n'aime pas la façon dont, à présent, il me dit qu'il n'est peut-être pas assez bien pour moi. Il me regarde fixement.

Hors de question que je baisse les yeux devant ces deux iris à l'éclat menaçant. Je ne lui donnerai pas ce plaisir.

L'autre reste encore un moment en retrait, puis il fait deux pas en avant, et bientôt, encerclée par ces deux géants, je ne sens plus mes pieds sur le bitume. Mon estomac se noue, je recule et je me retrouve coincée entre la bagnole et eux. Je baisse les yeux, et je me dis, *Non, tu ne vas pas faire ça, Julia. Tu ne veux pas que les choses se passent comme ça, n'est-ce pas ?*

Je redresse le buste. Droite, raide, les mains cramponnées à la portière. Deux secondes, puis trois, je ne tremble plus. Le mec, celui avec une cicatrice sur sa joue mal rasée, la peau marron sale, les yeux noirs du diable, me dit :

– T'es bonne, dans ton genre.

Il approche sa sale gueule de la mienne, tout se crispe en moi, de la tête aux pieds.

– Alors comme ça, t'aimes pas les Arabes ?

Sa main se lève et glisse dans l'échancrure de mon tee-shirt, ses doigts bagués emprisonnent mon sein.

Je ne bouge plus, ne cligne pas d'un cil. *Ne craque pas Julia, pas maintenant, ne fais pas cette connerie*. Le regard placide, je relève le menton, le mate droit dans les yeux. J'ai le souffle en suspens, le silence gronde dans la nuit.

– T'as pourtant l'air de l'aimer, la bite de Sofiane.

Ses doigts frôlent la pointe de mon sein, l'onde de choc part de mon pubis, remonte par le ventre, le cœur et la gorge, le bout de ma poitrine durcit, mes joues s'enflamment, et ça sort comme du venin, comme le dard de la guêpe qui se planterait entre ses yeux, je lui crache à la gueule. Le mec, surpris, dégage sa main, recule d'un pas, puis revient à la charge et me saisit aussitôt à la gorge.

J'ai sa grande gueule pile sous mon nez.

– Sofiane, tu lui veux quoi à Sofiane ? C'est les flics qui t'envoient ? Tu fais le sale boulot à leur place, hein ? C'est ça que tu fais, connasse, toi aussi tu roules pour les flics… Ne remets plus un pied à la Casté, pétasse, tu m'entends, c'est notre premier et dernier avertissement ma jolie, t'es prévenue.

Il me dit ça en appuyant ses bagues sur ma carotide.

– Ou tu finiras en barbecue. Attachée avec Sofiane, comme Roméo et Juliette. On vous retrouvera tous les deux un beau matin, au milieu des rats et des gabians, sur un terrain vague, version petites merguez qui ont trop cramé.

Il ne me lâche toujours pas, je commence à manquer d'air, je sens le métal s'enfoncer, glacial, bloquer ma respiration, puis il fait un signe de la tête à l'autre con obèse qui, lui, le sourire en coin, les jambes écartées, les bras croisés, se délecte du spectacle. Quand le gros, après avoir jeté un coup d'œil à trois cent soixante degrés, acquiesce de sa sale tronche, il laisse tomber ma gorge et ils se cassent.

Mon corps lâche d'un coup. Mes jambes se plient toutes seules. Je me retrouve accroupie dans le caniveau, le souffle court.

Les cheveux dans les yeux, les coudes pliés, les mains sur la tête, j'éclate en sanglots, et puis c'est comme un réflexe, parce que sinon je sais qu'il va être trop tard, que je ne vais plus pouvoir croire en rien, je me relève. Et c'est étrange, parce que c'est instantané, ça se fait tout seul, sans que j'aie à chercher en moi, d'un seul coup je ne ressens plus rien. Tout est à l'arrêt. Mon esprit se détache de mon corps et je me vois ouvrir la portière.

Ce n'est pas moi qui sors les clés de mon sac, le pose calmement à côté, sur le siège avant passager, qui démarre en douceur, et pourtant c'est moi.

Je roule, je roule, je suis seule sur la chaussée éclairée par les lampadaires, je croise quelques voitures, les feux sont rouges ou verts dans la nuit, le moteur ronronne, le son des pneus qui glissent sur le sol me berce comme le chant des vagues, le temps n'existe plus, et finalement je ferme les yeux. Quand je les rouvre, je sors de la voiture et le vent souffle de nouveau dans mon cou.

Une fois franchi le seuil, mon corps se réveille brutalement. Je vomis dans le lavabo de la salle de bains et m'allonge tout habillée sur mon lit.

À la fin de la nuit, à moins que ce ne soit au petit matin, je grelotte. Avec mes collants résille, j'ai les jambes glacées. Je me glisse sous la couette. Les pleurs viennent d'un coup, des sanglots saccadés et rapides, des spasmes comme des coups de poignard dans l'estomac.

Je finis par m'endormir, un goût acide dans la bouche.

Le lendemain, je suis bonne à rien, je passe la plus grande partie de la matinée à traîner les pieds entre les toilettes et mon lit. Je trouve la force d'émerger vers onze heures.

Je me dégage de sous la couette. Je suis trempée. Je roule sur le côté. Mon corps est lourd, ma tête me fait terriblement mal. J'atteins la salle de bains difficilement.

Sous la douche, le jet d'eau fouette ma nuque. L'eau savonneuse s'écoule sur le carrelage. Dans mon crâne, ça tambourine. Et j'ai peur, soudain. J'ai peur. Quelque chose de grave va bientôt arriver. Quand et quoi exactement, je ne sais pas. Mais j'en suis persuadée. J'entends une porte claquer. Fort. Et je sursaute. Ma hanche heurte le métal brûlant du robinet.

Maintenant, je suis assise dans mon lit, à demi nue. La tête entre les mains, les coudes posés sur les genoux. Je parcours de long en large le procès-verbal des policiers que m'a confié Gatien. En vain. Rien ne me vient. Je suis désespérée. J'appelle Gatien, qui me répond rapidement.

« Tiens, ma petite stagiaire préférée, Julia. Que puis-je faire pour toi ? T'inviter à déjeuner ? Les Calanques, toi, moi, les rochers et la mer, ça te dit ? À treize heures chez le Belge... Ça me fera plaisir de passer un moment avec toi, Julia. Je verrai si je peux t'aider. »

Avant que je raccroche, il ajoute : « Et vois avec Alex. Il doit sûrement encore pouvoir me dénicher un ou deux trucs. »

Je regrette déjà. Avoir des comptes à lui rendre. Puis je me dis que c'est vraiment le mieux que j'aie à faire, et pile à ce moment, je sens une présence dans mon dos. Je relève la tête, je me retourne et vois une ombre dans l'entrebâillement. J'entends le bruit d'une porte qui se referme précipitamment, et tout s'arrête. Je me lève d'un bond, la tête me tourne et un instant je me sens partir, mais ce n'est que passager et, sans réfléchir, surtout pas, parce que je ne veux plus réfléchir, j'enfile une jupe en jean et mes boots, je passe en même temps un coup de fil à Alex, qui ne répond toujours pas. *Merde, merde, qu'est-ce que tu fous, Alex.*

Je vide alors mes tiroirs des quelques sachets d'herbe qu'il me reste. Ça devrait faire l'affaire. À la volée, je ramasse mon sac à main posé sur mes classeurs et mes livres. Je fouille à l'intérieur de la doublure en tissu, impossible de mettre la main sur mes clés de voiture. Je vide l'intégralité de mon sac sur le bureau, toujours rien, je m'allonge au sol, passe un bras sous le lit, rien, je me lève, fais le tour du salon qui pue l'alcool et le tabac froid à plein nez. Sur la table basse, il y a encore les verres de la veille, que je n'ai pas eu le temps de débarrasser, les cadavres de bouteilles, des morceaux de citrons éventrés, le cendrier rempli de mégots, mais toujours pas de clés. Merde.

Je sors. La Cooper est stationnée de travers sur le trottoir. La porte conducteur est entrouverte, mes clés sont sur le contact. Ni une ni deux, je m'engouffre dans la voiture.

Je démarre en trombe, mon sac à main encore sur l'épaule.

Je roule depuis une demi-heure, j'ai la gorge sèche. Je tourne en rond. Pour la troisième fois, je passe devant cette rangée de haies. Quel sentier il faut prendre ? Ce n'est pourtant pas la première fois que j'emprunte cette route, cette satanée route du Feu. Aucun repère ne m'indique si je roule dans la bonne direction. Je ne vois que du vert, que le gris de la roche, la crasse de la ville collée à mon pare-brise. Je suis perdue. Je ne sais plus s'il faut tourner à droite. Ou continuer toujours tout droit. *Merde, je ne vais quand même pas appeler Papa ?*

À la première possibilité de faire demi-tour sur le bas-côté, je ralentis. J'entends nettement le bruit du gravier, les petits cailloux qui crissent sous mes roues. Je pense à cette fois. Je dois avoir cinq ans, ma mère est d'humeur survoltée, a une envie soudaine de me faire du pop-corn, le crépitement des grains de maïs dans la casserole me rend folle. À ma course essoufflée vers le placard où je me réfugie et reste cachée toute la journée. Au visage de Papa sur la photo accrochée au mur, dont le regard sévère me fixe, me fixe.

Je stoppe la voiture et reste immobilisée comme ça, à revoir très nettement les yeux noirs de mon père, sûrement une ou deux longues minutes. Puis je redémarre. Brusquement.

La terrasse est ensoleillée. Le massif des Calanques et la mer brillent à l'unisson. Il fait presque chaud. Je me penche vers le visage de Gatien en fermant les yeux, je l'embrasse. Je lui dis :

– Et voilà, je suis en retard... Tu ne m'en veux pas, j'espère ?

Lui me répond :

– J'aime tes faiblesses, Julia, tu le sais, et c'est d'ailleurs pour ça que tu es en retard. Mais comment t'en vouloir.

Je suis toujours debout. Il me tend son verre. Je m'assois à côté de lui. Nous buvons du vin par petites gorgées régulières. Sans se parler. En regardant droit devant nous. Des vaguelettes vont et viennent, s'écrasent mollement contre les parois rocheuses qui, tombant à pic, disparaissent dans le bleu de la mer. Au loin, bientôt, il me semble apercevoir les signaux de Papa. Je reconnais la teinte violette de ses petits triangles de toile accrochés à une tige de bambou, qui s'agitent dans l'air à une cinquantaine de centimètres au-dessus de la surface de l'eau.

Le son de la voix de Gatien, comme sorti de nulle part, résonne dans ma tête.

– Julia...

Je me retourne et derrière nous j'aperçois,

assis accoudés au bar un homme et une femme en train de discuter avec le patron du restaurant. On dirait deux grosses vieilles poupées gonflées à l'hélium qui auraient caramélisé au soleil. Leurs fesses débordent des tabourets. Les bracelets en or brillent. Les rires sont graves. La conversation est animée. Ils parlent, parlent, ils n'arrêtent pas de parler, ils rient très fort. J'ai chaud sous mon trench. Je transpire. Je sors discrètement de mon sac trois enveloppes de petit format remplies d'herbe.

– Cadeau perso, je dis à Gatien.

– Un jour ou l'autre, il faudra bien qu'on arrête ce petit jeu, il me répond. Tu crois peut-être que je filerais mes clés à n'importe qui ?

Il pose un regard lourd droit dans mes yeux, je baisse les miens.

– Elle est bonne, tu verras, je réponds. Elle est plutôt forte.

Avant même de finir ma phrase, alors qu'il essaie vainement de s'allumer une cigarette avec une allumette qui ne semble pas vouloir s'enflammer, je remarque le tremblement de ses mains. Gatien et ses gestes sûrs, sa capacité à ne douter de rien. Son air prétentieux, qui semble soudain s'être évaporé à des années-lumière. Je suis surprise. Je glisse les sachets dans les poches de sa veste, et lui dis :

– Alex est tout pour moi, tu comprends, je ne peux pas le laisser dans cette situation. Comment je peux faire ?

Ses mains alors mutent. Devenant par je ne

sais quelle intervention céleste celles d'un chef d'orchestre, elles dirigent de concert un débit de paroles incroyablement énergique.

Je l'écoute, un peu agacée par cette emphase trop soudaine. Mais je me force à le regarder droit dans les yeux, à ne pas laisser mon esprit s'embarquer ailleurs. Pas question de rater une seule de ses explications.

– Il y a peut-être un moyen, Julia. J'ai relu le procès-verbal et je pense qu'on peut facilement faire valoir les irrégularités propres à l'interrogatoire. Je ne suis pas un spécialiste en la matière, mais il me semble que le sens des questions posées par le flic est trop orienté. Tu devrais fouiller par là, prendre le temps d'éplucher chaque phrase, chaque détail, chaque élément qui irait dans cette direction.

Il sourit et me dit :

– Ça devrait marcher. Je vais m'arranger pour que l'affaire passe entre les mains du juge Mariani. Tu sais, il traîne souvent au café place Lulli. Une petite soirée est organisée jeudi au Cercle pour la prochaine régate de la Juris'Cup, j'y suis invité, et il sera là. Il y est toujours. Cette enflure fait partie des membres d'honneur. Je vais te le présenter, on lui dira que tu es avec moi, que tu effectues ton stage dans mon cabinet, et ça marchera, crois-moi. Je le connais bien cet emmerdeur, et c'est le genre d'arguments qu'il adore. Il kiffe bien les jeunes filles. Surtout quand elles ont de belles fesses. Tu seras parfaite.

Gatien ne s'arrête plus de parler. Sa voix s'emballe. Il me parle de cette fille et puis de cette autre qu'on dit s'être fait surprendre dans le bureau du juge. Il a les yeux qui s'illuminent. Il se marre.

– Il en faut peu pour exciter Mariani. Pas la peine d'aller si loin, Julia. Et toi, ma belle, tu trimballes déjà des arguments de choc. Ferme les yeux et montre un peu, ça suffira.

Je reprends espoir, même si au fond de moi je trouve incroyablement hasardeux d'envisager de remettre en cause les constats officiels d'un policier par ce genre de moyen. J'imagine. Évidemment. Ce que ce type de pratique signifie. Il va falloir sourire, peut-être même plus. Gatien n'est d'ailleurs pas le seul à colporter de tels ragots.

Après tout, pourquoi pas ?

Pourquoi Gatien ne serait-il pas sincère avec moi ? Peut-être qu'il m'aime vraiment, maladroitement, que je compte un peu pour lui, même s'il a, c'est vrai, parfois du mal à se contrôler. Lui sait comment faire. Sans trop se brûler les ailes.

Oui. Ce que déblatère Gatien est incroyablement infect, mais il est le seul à savoir comment ça fonctionne, dans les bureaux au-dessus des salles d'audience. Avec sa petite réputation de killer qui lui colle si bien à la peau, il porte en lui une force de conviction bien plus solide que tous ces doutes dont je suis soudainement assaillie.

Je le crois. Une charge dont j'ignorais l'existence cesse de peser sur mes épaules. Mon corps s'apaise. Je prends conscience que ce sentiment d'impuissance qui me ronge depuis le soir de l'arrestation est en train de s'enfuir.

La deuxième bouteille de rosé trône à moitié vide au centre de la table. L'après-midi est déjà bien entamée. On quitte le restaurant. L'idée nous vient de marcher un peu dans les rochers, histoire de ne pas regagner la ville comme ça, trop brutalement, de prendre un peu notre temps, encore. Avec mes boots à talons et ma jupe en jean, je peine à atteindre le promontoire sur lequel Gatien m'a convaincue d'aller s'asseoir. Il me dit :

– Une petite séance de bronzage ne te fera pas de mal, Julia. Va falloir cramer, ma jolie.

Quand j'arrive à sa hauteur, je m'immobilise et reprends mon souffle. Malgré sa tenue peu adaptée aux lieux – chemise blanche et costume foncé –, Gatien semble parfaitement à son aise. Il est posé sur la pierre, détendu, dans une position alanguie, comme s'il avait toujours été là, un rocher parmi les autres. Son visage est tourné dans ma direction. Il me fixe. Derrière ses Ray-Ban, je devine ce qu'il y a dans ses yeux. Il se moque de moi.

Après avoir franchi les premières avenues du centre-ville, je me retrouve coincée dans les embouteillages. Je cale deux ou trois fois. Dans mon rétroviseur, je vois un visage vociférant. Et pendant que je panique de plus en plus à l'idée de devoir me rabaisser face à un homme qui a entre les mains le pouvoir de décider de tout, je sursaute au signal d'un appel d'Alex. Il me prévient que c'est OK pour Gatien, mais il ne peut rien m'avancer sans l'argent. « C'est fini, Ju, j'arrête toutes ces conneries, ça devient trop dangereux », et il raccroche.

J'ai du mal à trouver un distributeur accessible, et le seul devant lequel je peux me garer, en double file, est temporairement hors service. Mes détours me valent plus d'une heure de conduite saccadée, au milieu des bruits incessants de klaxons et des crissements de pneus sur le bitume. J'arrive enfin. Excédée.

Avant d'introduire la clé dans la serrure, je jette un dernier coup d'œil à l'écran de mon portable. Il est déjà cinq heures. J'entre dans la maison. Il règne un silence suspect. La table du salon n'est toujours pas débarrassée, il y a toutes ces bouteilles qui traînent. Le salon sent le tabac froid. Je m'écroule sur le canapé.

Dans une grande inspiration, je remplis mes poumons de cet air immobile, incroyablement calme, et je me lève.

J'erre un instant dans la chambre de Maman, caressant des yeux la tapisserie, un papier mordoré, le seul qu'elle n'ait pas encore changé. Le relief délavé des motifs m'angoisse. Il me renvoie à des images anciennes, aux interminables soirées à La Corniche, où j'attendais, coincée dans cette chambre affreuse pleine de peluches, fermant les yeux, les oreilles, priant, le corps recroquevillé, que dans la chambre d'à côté ces souffles haletants cessent une bonne fois pour toutes, convoquant les anges de toute mon âme pour que Maman ne se mette pas soudain à hurler ou à gémir, que la bête ne s'infiltre pas dans mon ventre et ne descende pas entre mes jambes. Le fauteuil vide derrière le bureau noir m'intimide. Je m'y assois. Lentement. En prenant soin de ne pas faire crisser le cuir du dossier. Comme si j'étais en train d'accomplir quelque chose d'interdit. Avec ce foutu sentiment de culpabilité qui ne veut plus partir. Je reste comme ça cinq minutes sans bouger.

Je sais que je ferais mieux de sortir de cette pièce. Je me redresse et vais pour la quitter. Le silence redouble d'intensité. Je me rassois alors au bureau de Maman, et compose son numéro.

Je tombe directement sur sa messagerie. Je retape le numéro, j'entends une voix grave, « Allô ». Je ne dis rien, « Allô ? », le mec insiste. Merde. Je raccroche. Mes mains tremblent.

Tout ce rouge dans ce noir me monte à la tête. Le plateau de la table, son rouge à lèvres, les crayons noirs pour les yeux, ses dix bouteilles de parfum, les coupelles avec ses bijoux, et la photo de Papa encadrée. Papa en tenue militaire, raide comme la justice. Papa qu'elle a supplié de revenir, après que Jacques eut décidé que Papi serait hospitalisé. « Je n'en peux plus. Il faut qu'il sache », elle avait lancé à Jacques. Ce à quoi ce salaud avait répondu : « Joue pas à ça, Viviane. Paul ne reviendra plus jamais si tu lui balances tes conneries. Tu vas te retrouver seule avec ta gamine. » Tout ça empeste son parfum. Je sors de la pièce. Juste après avoir craché sur la moquette. Exactement à cet endroit où elle a l'habitude de marcher pieds nus, les orteils déformés, parfois presque en sang, comprimés par le cuir de ses chaussures trop hautes pour sa silhouette devenue incroyablement épaisse, avec tous ces tranquillisants qu'elle s'envoie en cachette, depuis tout ce temps.

Après, je m'enferme dans ma chambre. Avec dans la tête ces scènes bizarres, ces affreuses images dont je ne sais plus quoi penser. Un après-midi d'août, moi enfermée dans un placard des cuisines, médusée. Le corps de Maman écrasé contre un autre corps. Les mocassins de Jacques qui brillent sur le sol.

Et j'ai cette soudaine bouffée d'angoisse et je fouille dans mon tiroir sous le lit, mais il n'y a plus rien à fumer, et je tremble, ne trouvant plus dans mon téléphone le numéro d'Alex, il faut que je le prévienne, *Reprends-toi, Julia, reprends-toi, tout ça n'est pas réel, ce ne sont que des pensées, de vilaines pensées*.

Alex ne répond toujours pas. Je m'enfonce encore un peu plus chaque fois que je tombe sur son répondeur. J'imagine Alex franchir la porte des Baumettes, escorté de deux flics en uniforme bleu marine, les menottes aux poignets, la tête baissée. Le sol tremble, les meubles de ma chambre tourbillonnent autour de moi, je m'écroule sur mon lit et je pleure, allongée, la tête renversée en arrière, les larmes envahissent ma gorge. Puis je renifle fort, retrouve mes esprits, attrape mon téléphone et appelle Gatien pour qu'il me donne toutes les informations concernant cette soirée organisée avec le juge.

Des éclats de voix étouffés. Le bruit des clés dans la serrure. Le son de la voix de Maman. Je ne bouge plus.

– Qu'est-ce qui t'a pris, Paul ? Entreposer mon stock dans la chambre réfrigérée de Jacques, au milieu de tes langoustes ? Mais tu es complètement inconscient, voyons !

À son tour, Papa parle :

– Mais, Viviane ! C'est Jacques qui me l'a proposé. Je n'allais pas refuser et foutre ton bazar au milieu du salon ! À La Corniche, les huissiers n'iront pas fouiller.

Un blanc, puis un hurlement :

– Qu'est-ce que c'est ? Qu'est-ce qui s'est passé ici ? Nom de Dieu… Julia !

Maman crie encore, à Papa :

– Paul, Paul, tout ça est trop dur, ça devient trop dur ! Ça prend une tournure qui ne me plaît pas du tout, Julia perd la tête, elle ne se contrôle plus, c'est à cause de ce mec, de cette racaille, j'en suis sûre. Il est revenu, c'est ça, il est revenu, ici, dans la maison, chez nous, Paul, chez nous. J'en suis certaine, je le sens, je le sais. Elle va tout foutre en l'air, ses études, son concours, Paul, il faut que ça cesse.

Et il l'interrompt :

– Tais-toi, idiote, elle est là, elle est là ! Regarde, son manteau, là, sur le canapé. Arrête avec ça, Viviane, il n'y a rien entre cette saloperie et Julia, je te le dis, ce mec est un pédé, bordel ! Une pédale, Viviane. En plus c'est une petite pute de balance de merde, il marche avec les flics cet enculé. Alors arrête avec ça s'il te plaît. Arrête. Si quelqu'un a un problème avec son cul dans cette famille, ce n'est sûrement pas elle, que je sache.

Et le silence. Et la porte qui claque. Je mets mes écouteurs, un réflexe, fais semblant de lire sur mon écran.

Maman s'installe au bord de mon lit et allume une cigarette. Elle croise les jambes et me dit :

– Tu es complètement inconsciente, ma pauvre Julia. Je te laisse quelques jours, et voilà. Je ne peux pas te faire confiance. Tu as fait la fête tout le week-end, dans notre salon en plus. Tu as vidé le bar, Julia, tu l'as vidé, nom de Dieu, entièrement !

Elle se lève, tire nerveusement sur sa cigarette. Se penche vers moi. A un temps d'arrêt.

– Je suis désolée, chérie.

Elle dit ça en se redressant, et je continue à fixer mon écran avec insistance.

Maintenant elle écrase son mégot dans le cendrier marocain, s'assoit à côté de moi, puis m'attrape le menton avec ses ongles longs et rouges, elle les enfonce tant que je les sens qui s'incrustent dans ma peau.

Ses mots suivants sont presque posés.

– Julia, tu ne réalises pas. Écoute-moi.

Ensuite elle se met à parler plus vite.

– Tu vas y laisser ton âme, je te dis. Regarde-moi, regarde-moi, c'est ça la vérité, Julia, regarde-la bien en face. Tu n'as pas le choix, ne revois plus jamais ce garçon, tu m'entends, c'est un ordre, ou cette histoire risque de mal tourner. Tu dois être forte, Julia.

Dès que Maman a refermé la porte, j'évite de réfléchir à propos de ce que peut bien signifier « être forte », ma gorge se serre, un flash dans ma tête, la grosse main épaisse et marron baguée sur mon cou. Je me focalise sur des choses plus concrètes, par exemple comment je vais bien pouvoir m'habiller pour aller à ce gala de la Juris'Cup, comment je vais bien pouvoir m'y prendre pour convaincre ce juge. *Il n'est pas encore trop tard*, je me répète en boucle, *il n'est pas trop tard, fais-le.*

Comme me l'a lourdement conseillé Gatien, je me rends à cette soirée habillée d'une petite robe noire sobre et élégante.

Tout se déroule ainsi qu'il l'avait prévu. Le juge Mariani me fait un clin d'œil et me dit de ne pas m'inquiéter, Alex ne sera pas convoqué.

Puis, en sortant du Cercle des nageurs, je sens une main sur mon épaule, c'est le juge. Il me dit :

– Allons boire un verre sur la corniche, tu veux bien, qu'on en discute.

Tout de suite, les paroles que Lola a prononcées à son sujet me reviennent à l'esprit, et rien qu'à sa façon de se tortiller, je comprends que cet homme est à vomir. En s'approchant de moi, son ventre imposant frôle mes hanches. Il me caresse l'épaule de son index potelé et me dit :

– Je pourrais te présenter quelques amis. C'est important d'avoir des amis, Julia. Très important.

Et moi qui ne le quitte pas des yeux, muette. Et lui qui continue, avec cette phrase terrible :

– J'espère au moins que je ne te déplais pas

trop, Julia. Car je peux beaucoup t'apporter, tu sais.

Je finis avec lui et ses amis, une soirée privée organisée chez Jacques, dans une pièce discrète, attenante à la salle principale du restaurant. Elle est pleine à craquer. Il y a plusieurs personnes très jeunes mais nous nous évitons, chacun fait en sorte de fuir le regard de l'autre, nous n'avons aucunement l'intention d'engager la discussion. Seuls les vieux semblent détendus et parlent avec entrain.

De temps en temps, j'aperçois Jacques, qui serre des mains par-ci par-là, tire sur son cigare infect et se répand en accolades et sourires mielleux. Le juge Mariani, lui, passe la soirée à me refourguer des coupes de champagne. J'en ai à peine vidé une qu'il m'en ressert une autre. Le pire c'est qu'il profite de mon embarras pour me toucher plus d'une fois les fesses et les seins.

– Ton petit ami pèse lourd dans ce dossier, me susurre le juge à l'oreille, c'est un maillon sensible que nos amis de la BAC vont avoir du mal à lâcher, Julia.

Je ne comprends plus.

– Je crains qu'ils ne deviennent légèrement nerveux, si je déstabilise leur stratégie. Il faut dire que ça fait des mois qu'ils y travaillent, les pauvres.

Merde.

Maintenant, il me dit qu'« in fine », tout dépendra évidemment de l'intérêt qu'il portera à ce dossier, qu'il faudrait pour ça venir le voir dans son bureau, la semaine prochaine. Et je sens une de ses sales pattes se frayer un chemin entre mes cuisses. Je le stoppe net dans son élan, serre si fort les jambes que je le vois grimacer.

Mariani exhibe ses lèvres humides et ses canines baveuses. Il me souffle :

– Quand on veut faire dans le narco, jeune fille, il faut être plus gentille, respecter les règles du jeu. L'arbitre, ici, au cas où tu l'ignorerais encore, c'est moi. Alors tes états d'âme de petite ambitieuse, Julia, tu ferais mieux de t'asseoir dessus.

Je planterais bien mes ongles dans les yeux vitreux de ce vieux con si je n'étais pas obligée de garder la face. Heureusement pour moi, une panne de courant plonge soudain la pièce dans l'obscurité, et je m'échappe vers les toilettes.

Enfermée depuis dix bonnes minutes, j'attends patiemment, assise sur la cuvette des chiottes. J'ai bon espoir que ce temps de pause me soit favorable et qu'il calme les ardeurs du juge. Qu'il se soit rabattu, pourquoi pas, sur une autre proie. Et qu'il me foute la paix, bordel. Le mieux étant sûrement de me sauver tout de suite, avant que je ne me retrouve de nouveau coincée dans un angle du restaurant, entre ce ventre énorme et une assiette de petits-fours.

Je quitte discrètement la salle désormais baignée d'une pénombre inquiétante, soulagée de ne pas participer à cette mise en scène pathétique, mais à peine j'ai franchi le seuil du hall d'entrée que Jacques me tombe dessus. Il m'attrape par le bras.

– Julia ! Mais qu'est-ce que tu fais là ? Tu as l'air pressée, mon chaton. Ne t'inquiète donc pas... Quelqu'un va t'accompagner à l'étage, il me dit tout en m'indiquant les escaliers.

Puis il me tend une carte de visite sur laquelle je lis : « Rendez-vous chambre 9 ».

Au moment où, stupéfaite, je relève les yeux et m'apprête à lui jeter son mot à la figure, Jacques me saisit par le poignet et, avec un sourire diabolique, me susurre :

– Tu n'as pas le choix, Julia. Le juge est mon ami, et moi, je n'aime pas que des petites salopes dans ton genre se permettent de contrarier mes amis. Tu ne voudrais tout de même pas que je sois obligé de fermer mon restaurant. Et Paul ? Tu y as pensé, à ton père ? À qui crois-tu qu'il les refourguerait, ses langoustes ? Qu'est-ce que tu t'imagines ? Qu'il tiendrait le coup longtemps, Paulo, sans que je lui donne un coup de main pour se débarrasser en douce de ses pêches miraculeuses ? Comment crois-tu qu'il te l'a offerte ta petite voiture, chérie ? En vendant des cagettes de saupes aux Arabes pour qu'ils se défoncent la gueule en bouffant leur couscous ? Fais ce que tu as à faire, ne sois donc pas idiote, mon chaton, ce n'est pas la mort qui t'attend, tout de même.

Un mec en costume sombre aux cheveux gominés et à la gueule patibulaire, de ceux qui assurent la sécurité ce soir, me prend par le bras.

– À très bientôt, Julia, dit Jacques en regagnant l'obscurité, me laissant seule, face à l'abîme, devant ce tunnel noir que je me vois franchir malgré moi.

Refaite à neuf, la chambre est sordide, avec son lit immense au milieu, et ce miroir au plafond. Des tableaux accrochés au mur dégueulent de figures mi-abstraites mi-figuratives aux teintes moches et tristes. Debout devant un bar minuscule avec des tabourets garnis de velours, l'homme porte un peignoir. Il me tend un verre rempli d'un liquide couleur ambre rempli de glaçons.

Je vais coucher avec cet homme parce que je n'ai pas le choix.

Il est tellement vieux.

Je pense à Maman, Viviane, qui haletait dans le noir et que j'écoutais, le souffle coupé, l'oreille collée au mur, à mon sexe qui s'échauffait sans que j'y puisse rien.

Je suis seule dans cette chambre d'hôtel avec ce mec habillé d'un peignoir blanc en tissu éponge ridicule, une caricature, bordel.

Je suis en train de jouer dans un très mauvais film, ou peut-être suis-je dans un de mes affreux cauchemars ? Mais non, le juge est bien réel, il m'adresse la parole avec insistance. Il me dit que ce qu'il aime avant tout, c'est se faire sucer par les jolies princesses dans mon genre.

Je suis dans cette chambre, bordel, et cet homme gras, imposant, aux épaules larges, qui ouvre son peignoir, m'attrape par la taille.

Je suis ivre, j'ai mal au cœur, je tiens à peine debout. J'ai envie de vomir, je sens son haleine chaude imbibée de whisky glisser dans mon cou, ses doigts rugueux plonger dans ma chevelure, sa paume qui appuie fort sur le haut de mon crâne, ma tête qui dit non, lui qui hurle « Suce-moi ! ».

Je ne peux pas, non, je résiste. Il me tire les cheveux d'un coup sec, ma tête part en arrière, ma nuque craque, ma respiration se bloque dans ma cage thoracique, il me maintient ainsi durant deux secondes et me dit :

– Ton petit copain n'aura plus de problèmes, suce-moi salope, et fais-le bien.

Je n'arrive plus à dormir. Quelle heure peut-il bien être ? Quelques rayons de soleil dessinent un triangle lumineux sur le mur du fond de ma chambre. J'enfile ma veste grise qui traîne au pied du lit et sors de la pièce. Le salon est entièrement rangé, une bougie parfumée à la vanille finit de brûler sur la table. J'appelle le portable d'Alex. Pas de réponse.

« J'aimerais te revoir », m'a dit le juge Mariani, avant que, mon collant à moitié déchiré, les cheveux emmêlés, je ne referme précipitamment derrière moi la porte de la chambre d'hôtel.

Je marche comme une automate jusqu'à la cuisine. J'allume la radio. Et aussitôt je l'éteins. Le son de la voix de l'animateur est trop fort. J'allume la Nespresso, enfonce une capsule dans la machine, attends que le jet de café coule dans une tasse. En vain, rien ne sort.

Qu'est-ce qui m'a prise ?

Je regarde tout autour de moi, le silence remplit l'espace, je dis : « Maman, tu es là ? » Je hausse d'un ton : « Maman, Maman ? » Et le silence, toujours le silence.

Je lève les yeux en direction de la fenêtre, la maisonnette au fond de la cour en ligne de mire. Bientôt, alors que je la fixe des yeux, je détecte une anomalie partant de la toiture, une sorte de tache humide, jaunâtre, dessinant une forme ovale aux contours fuyants qui descend sur la façade et menace de s'étaler davantage. Puis je me demande si j'en serais capable. Les quitter. Mener avec front, seule, ma propre vie, partir loin de Marseille. Laisser tout ça derrière moi.

Je prends un tabouret et sors dans la cour.

Avant de grimper, j'aperçois, toujours intacte, la corde qui maintient fermée la porte en bois. Je monte sur le tabouret, prends appui sur l'encadrement de la fenêtre, dont les volets sont fermés de l'intérieur, et me hisse sur le toit. Je balaie du regard la toiture, remarque la tuile cassée. Je plante mon œil dans la fente.

À l'intérieur de la maisonnette, il fait sombre, mais au bout d'un moment, à force de scruter l'obscurité, mon œil s'habitue et je vois dans la pénombre.

C'est comme si Papi allait soudainement apparaître au milieu de ce bazar. Le lit replié dans un coin, les vieilles poêles en fonte accrochées au mur, la théière en terre cuite sur le plateau en métal bariolé, les couvertures, les draps, toutes ces choses qui lui appartenaient, tous ces souvenirs provenant du cabanon et que Maman a voulu à tout prix garder.

Mon regard change de direction, et par terre, au milieu de l'espace encombré d'emballages, de papiers journaux, je l'aperçois, la caisse en bois ornée de marqueterie d'ivoire.

Accroupie sur le toit, je perds la notion du temps, et Papi refait surface dans les méandres de mon esprit. Papi, habité de son désespoir, de sa solitude, la façon dont il parlait de l'Algérie en hurlant de douleur, ma grand-mère qu'il avait tant aimée, qui n'avait jamais pu finir le chemin vers Marseille, « morte sur une civière en train d'accoucher de ta mère en plein milieu de la Méditerranée ». Il boit. « Ça y est, ils ont détruit les premiers cabanons de l'anse de Maldormé, Julia, ils arrivent. » Je vois devant moi le petit homme habillé de noir, les cheveux noirs gominés tirés en arrière, les yeux injectés de sang. De la poche avant de son pantalon dépasse son pistolet, qu'il a ressorti de la boîte ornée d'ivoire. Il empoigne fort la crosse du revolver. Il le pointe en direction de la porte du cabanon blanc et bleu, fermée de l'intérieur, sa voix résonne dans mon crâne, « ils sont revenus me chercher, m'arracher de chez moi ». Dans l'encadrement de la minuscule fenêtre, des immeubles transportant des touristes flottent au loin. Papi crie sa rage. Les ferries, les allers-retours jusqu'à Alger vont-ils cesser une bonne fois pour toutes ? « Julia. » Je suis terrorisée. Je veux sortir du cabanon mais il m'attrape par le cou et m'empêche de m'échapper. Il prend ma tête entre ses mains et approche de lui mon corps d'enfant. Visage collé à son pantalon, je sens le métal contre ma joue. « Tu dois mourir. » Je me débats mais ses mains agrippent mes cheveux, il hurle : « Tu portes la malédiction en toi, mon amour ! »

Puis il perd l'équilibre et s'écroule avec moi sur le sol. Je suis coincée sous ce corps lourd et gémissant. Je veux crier. Mais aucun son ne sort de ma bouche. Lui grogne, bave, halète. Et puis les sanglots.

Maintenant, Papi s'accroche au corps de Jacques, lui tend l'arme, le supplie de l'achever. Jacques vocifère et pousse violemment le corps de Papi sur le sol.

Et quand arrivent l'ambulance, les hommes et la civière, le corps qui s'agite dans tous les sens, la seringue qu'on lui enfonce dans le bras, Papi expire : « Ils sont venus me chercher, ça y est, ils sont venus, Julia. » Je cours me cacher.

Je me rappelle.

Avoir attendu que le silence revienne. Être sortie calmement du placard. M'être avancée vers la salle du restaurant, longeant d'un pas lourd le mur, qui me paraissait interminable. Ma mère, les cheveux lâchés, assise sur un tabouret, les coudes sur la table, le visage gonflé par les larmes, un verre d'alcool à la main, une boîte de cachets devant elle, jambes croisées, nues, complètement nues, le haut du corps simplement vêtu d'une large chemise bleu clair. Elle ressemblait à un de ces mannequins sur les pages des magazines posés en haut des étagères dans les toilettes du restaurant. Je la trouvais belle. Et elle qui, m'apercevant, me prenant dans ses bras, ne me lâche plus. J'étouffe, j'étouffe dans les plis de sa chemise bleue, j'ai peur de me noyer dans ses sanglots qui inondent ma chevelure et coulent sur mon visage.

Puis ce flingue, toujours là, ce flingue. La queue du juge tendue à travers la fente du peignoir, cette pression sur mes cuisses que je serre l'une contre l'autre, si fort, le corps de l'homme est lourd, il m'écrase, je ne peux plus respirer, mais je me débats, débats, « Salope », il dit en me crachant dessus.

Et je me revois. Un samedi après-midi. Je dois avoir dix ans. Maman est au téléphone, elle supplie Papa. « Paul, je t'en prie, reviens, merde. J'ai besoin de toi, je t'aime, ne m'abandonne pas. »

Je sens que ma tête devient lourde, elle me fait mal, terriblement mal. Je demande à ma mère pourquoi elle s'entête à boire, elle va finir folle, Papa est loin, très loin, comment peut-elle lui dire ça, revenir de si loin. Ça en devient vraiment lassant de se rabaisser ainsi, de hurler et chialer du matin au soir, de se frotter à tous ces types affreux qui puent le cigare, et qui me caressent la tête dès qu'elle a le dos tourné. Elle me gifle.

J'ouvre le placard et renverse toute la vaisselle sur le carrelage. Le bruit fracassant du verre et de la porcelaine résonne encore dans mes oreilles.

Un lundi, j'ai treize ans, je prends à partie une peste de la quatrième C, lui arrache une touffe de cheveux. Je suis expulsée du collège une journée entière, j'en profite pour écouter, enfermée dans ma nouvelle chambre, ce gars qui hurle ou qui pleure entre deux accords de guitare sèche. Je dessine des têtes de femme dans mon agenda. J'entends les appels du perroquet que Papa m'a offert pour mon anniversaire, rapporté d'un pays où les filles lavent le linge et gardent les bébés pendant que leur frère astique les armes. « Julia ! Julia ! Julia ! » Puis je vais dans la cuisine et étrangle à mains nues l'oiseau, cette satanée bestiole qui jamais ne se tait, depuis que Papa est revenu et l'a enfermée dans une cage. Je l'asperge d'alcool et la fais brûler au milieu du salon.

Je me revois à quatorze ans en train de hurler. Il y a devant moi cette fille, pétrifiée, qui pleure et me supplie d'arrêter de lui brûler la main avec ma cigarette. Je me revois à seize ans, je passe mon Bac blanc. Mon oral d'italien. L'homme assis en face de moi balade sa main sous ma jupe, me caresse la cuisse en me disant « Je vous écoute, mademoiselle ». Je m'enlise au point d'être incapable de prononcer la moindre phrase. Près de la sortie, trônant sur un des bureaux de la salle de cours, il y a la sacoche en cuir de l'examinateur. Je sors un cutter de ma trousse et m'en donne à cœur joie. Mon sentiment de honte s'envole miraculeusement.

Quand je redescends du toit, je regarde ma montre, il est midi. Je suis seule et j'ai peur. Je frissonne, comme si mon corps était soudain en prise avec une vague d'angoisse incontrôlée. Le sol se met à gronder sous mes pieds. Et cette chose qui tarde à arriver, et dont je sais qu'elle va arriver. Et pourtant il ne se passe rien, et pourtant. Le chaos approche, je suis dans ce couloir sans fin, le couloir de mon enfance que jamais je n'ai quitté, et j'en entrevois le bout, j'avance vers lui mais je ne l'atteins pas. Jamais. J'aimerais ne pas me retourner, et me sauver en courant, mais je ne peux pas, je ne peux pas.

Je m'enferme dans ma chambre, je ferme les volets. Je tourne en rond. L'écran de mon ordinateur allumé.

Moi qui fume cigarette sur cigarette, nue, dans l'obscurité. J'entends le mistral glisser sur les murs, qui tente de s'infiltrer à l'intérieur de la maison.

Et d'un bond je me lève, attrape un couteau dans la cuisine, ouvre la baie vitrée, coupe la corde qui maintient la porte de la maisonnette fermée, me rue sur la boîte en ivoire. Le flingue est toujours là. Intact. Je n'en reviens pas. Depuis toutes ces années.

La circulation est dense. Les feux passent du rouge au vert sans qu'avance le moindre véhicule. J'allume la radio. À fond. Pour qu'elle couvre les bruits des klaxons. Je ferme les yeux. En même temps que débute sur les ondes un air d'opéra italien, je pense aux yeux de Sofiane qui ont perdu leur éclat, à Alex, à tout ce que j'ai enfoui en moi pour que ça n'existe plus, pourquoi, à ce flingue que j'ai maintenant entre les mains, ce flingue, et, au fur et à mesure que le rythme des battements de mon cœur s'emballe, qu'un liquide acide s'empare de mes intestins, que je repense au corps de Papi sous lequel je m'étais trouvée coincée dans le cabanon, et au souffle saccadé de ma Maman qui finissait dans mon bas-ventre, je sens un flux de chaleur monter en moi.

Je me gare sur le quai. Je marche. Je n'ai sur moi que mon chemisier en soie plein de sueur qui colle à ma poitrine, le flingue planqué à l'avant de mon jean. Bientôt, je me retrouve au niveau du ponton réservé aux pêcheurs. Le bateau de Papa n'y est plus amarré. Je cherche mon père du regard, scrute les alentours, rien. Que le vent et les bateaux en bois, sur le môle. Un tas de filets multicolores, une bâche en toile bleue qui se soulève au rythme du vent, de plus en plus fort. Et tous ces filets qui sentent fort la mer me donnent soudain envie de vomir.

Je repars vers la voiture. Des sacs en plastique, des journaux volent dans les airs, je cache mon nez sous le col de mon chemisier, je traverse au passage piéton, passe devant un PMU. Je ralentis, le bar est pratiquement vide. Seuls quelques clodos achètent une grille de Loto. Quelle heure peut-il être ? Et puis ça me prend comme ça, en voyant les chiffres « 14:05 » en haut à gauche de l'écran, alors que Papa est encore sur sa putain de mer, je me sens seule, tellement seule, et je hurle dans le vent.

Je porte ce chemisier en soie blanche poisseux. Ce jean bleu délavé. Je sens le métal froid du flingue qui appuie sur le bas de mon ventre, je marche sur les trottoirs, je marche. Je marche sur le port, comme ça, comme une automate, et je ne sais plus, d'un seul coup, où je suis, qui je suis, je deviens une autre. Je suis – quels mots conviendraient le mieux, au juste ? Très en colère. Voilà, oui, c'est ça, je suis soudain très en colère. Contre qui, au juste ? Ça je n'en ai aucune conscience. Mais je suis très en colère, à un tel point que j'appelle Papa et hurle qu'il n'est qu'un connard, que je ne rêve que d'une chose, qu'il crève dans sa putain de mer et ne revienne jamais. Jamais.

Puis je compose le numéro de La Corniche,

tombe sur le répondeur de Jacques, dis que j'ai si bien sucé le juge que j'ai l'intention d'en faire mon esclave sexuel et de me taper tous ses collègues du barreau comme de la mairie, et que si je suis aussi agile avec ma langue que Mariani le prétend, il a en effet du mouron à se faire, il va sûrement devoir le fermer son putain d'hôtel à la con, il va se la faire niquer par les bulldozers sa putain de terrasse, je m'en fais un point d'honneur.

Je cours, je cours. Et bientôt je suis face à Lola et Gatien, en bas de l'immeuble où se trouve le cabinet, attablés place Lulli, en train de gentiment plaisanter avec ce gros porc de Mariani. Je me plante devant eux, et Gatien qui, mon Dieu, avec son attitude pitoyable de VRP de luxe pris de court, me présente, la gueule enfarinée, comme « Julia, notre nouvelle stagiaire, une jeune femme promise à un très bel avenir, mais vous avez déjà eu l'occasion de faire connaissance, il me semble ».

Le juge, maintenant, se penche vers moi et me tend la main, sa putain de main dégueulasse, qui laisse apparaître sous sa manchette le cuir de sa montre-bracelet sur un poignet velu. Et voilà que ça grimpe en moi, cet élan, cette vague enragée qui me submerge, je m'empare du flingue et le braque sur le front dégoulinant de ce type. Les conversations alentour cessent. Je crie à Gatien qu'il n'est qu'une ordure, un malade mental qui, une fois qu'il aura usé ses narines dans la coke, sera victime d'une méningite foudroyante.

– Tu finiras paralysé du cerveau, connard, je te dis, teubé, seul, sec comme un vieil haricot vert dans ton appart morbide, t'iras te branler devant les photos de mariage et les faire-part de naissance envoyés par tes anciennes petites stagiaires dans des enveloppes roses et parfumées.

Mon doigt s'immobilise sur la détente. Tout autour de moi c'est le silence, mes narines se dilatent, mon regard se stabilise, mon souffle s'interrompt. Au loin j'entends le cri d'un goéland, et le juge s'évanouit, son gros corps s'écroule au milieu des tables. Je reste un moment sans bouger, plus capable de rien.

Je m'enfuis.

Je traverse la place, cours, et, encore haletante, stoppe sur le trottoir d'en face. Le corps en retrait, le cœur battant, je fixe Gatien en train d'essayer de réanimer le juge. Pendue à son téléphone, Lola fait les cent pas et, de temps en temps, se penche sur le corps du juge, que les serveurs ont allongé sur le flanc et recouvert d'un manteau. De là où je me trouve, j'ai vue sur la façade du bistrot, qui bientôt se teinte d'une couleur bleue étrange : un véhicule de police déboule devant la terrasse. Alors le sang me monte à la tête. Je repars.

Je prends la plus proche ruelle, m'y engouffre, regagne l'avenue Paradis. Je ralentis, adopte un rythme de pas que je m'efforce tant bien que mal de rendre normal, puis j'accélère à nouveau, malgré moi, et bientôt, alors que je ne suis plus qu'à deux mètres du port, et que je me reconnecte à la réalité, que je me dis, *C'est bon, Julia, tout va bien se passer, tout va redevenir normal, tu vas voir, calme-toi, calme-toi,* une voiture pile à mon niveau. Je m'élance de toutes mes forces, un mec se met à me poursuivre. Il court, je cours, de plus en plus vite, je file entre les immeubles, les vitrines des magasins, je sens mon souffle brûler dans ma gorge, le rythme de ma respiration de plus en plus rapproché. Je ne décélère pas, les os de mes genoux semblent vouloir sortir de leur enveloppe charnelle, j'allonge ma foulée.

Je ne me retourne pas. Je cours, je cours, les passants sont des lignes, les bruits de la ville des sifflements. Je ne me retourne pas. J'évite de justesse un tas de sacs-poubelle empilés en plein milieu de la chaussée.

Je ne me retourne pas. Je ne me retourne pas. L'odeur de la mer emportée par le mistral est partout, envahit l'espace de mes narines.

Je dois partir d'ici, plus rien ne me retient à présent, ni mon cœur qui bondit hors de ma poitrine, ni mon souffle qui brûle et arrache mes poumons, ni cette douleur aiguë qui se diffuse sauvagement le long de ma gorge, rien n'est assez fort.

Je cours, je ne me retourne pas.

Et je me dis, *Concentre-toi, concentre-toi, va jusqu'à la voiture, roule jusqu'à l'autoroute, tout se passera bien. Tu verras. Tout disparaîtra.*

Mais brusquement je trébuche, je m'écroule sur le bitume en hurlant. Je me tords. Je pleure à en perdre haleine, jusqu'à ce qu'un policier et son brassard apparaissent devant mes yeux, qu'il me soulève dans ses bras et me ramène sur le trottoir.

Je tente de me dégager, je gigote dans tous les sens, je sens le poids de ses mains qui s'agrippent à mon corps. Elles me font mal. Je lui ordonne de me laisser tranquille. L'homme ne me lâche pas. Les muscles de mes avant-bras crispés, durs comme la roche, j'empoigne de toutes mes forces le revolver et je me débats, le mec immobilise mon corps avec son corps, appuie sur les tendons de mes poignets, une douleur immense me traverse, mes mains ne cèdent pas, non, je hurle, je hurle, « Non ! », et je tire. La détonation s'envole et résonne dans le ciel.

Cette nuit-là, je survole la ville. Je suis un goéland et je vole au-dessus des chantiers. Le pont suspendu, les signaux lumineux des grues guident ma course effrénée.

Je suis à la recherche de la petite fille perdue dans le couloir de l'hôtel.

Je la vois, au-delà des paquebots, en longeant la corniche, à travers la fenêtre sale d'une chambre. Elle est assise accroupie sur le sol. Sa nuque entre les mains, elle pleure.

Avec mon bec, je frappe à la vitre, le plus fort que je peux, mais elle ne m'entend pas. Je suis impuissante. Alors je la fixe, fixe, et dans un mouvement de tête brusque en direction de la Voie lactée, elle me voit.

Elle me regarde longuement, puis se lève et se dirige vers la vitre. Elle ouvre la fenêtre, elle crie. Un hurlement de douleur qui résonne dans toute l'étendue du ciel.

Dans la même collection

EQUINOX

Racket, Dominique Manotti, mars 2018
Un feu dans la plaine, Thomas Sands, mars 2018
Ceci est mon corps, Patrick Michael Finn, avril 2018
Mamie Luger, Benoît Philippon, mai 2018
Requiem pour Miranda, Sylvain Kermici, septembre 2018
Présumée disparue, Susie Steiner, octobre 2018
L'éternité n'est pas pour nous, Patrick Delperdange, octobre 2018
Les Féroces, Jedidiah Ayres, novembre 2018
L'Étoile du Nord, D.B. John, janvier 2019
Mauvais œil, Marie Van Moere, janvier 2019
La Vague, Ingrid Astier, février 2019
Paradigma, Pia Petersen, février 2019
Cherry, Nico Walker, avril 2019
Ma douleur est sauvagerie, Pierric Guittaut, avril 2019
Le Triomphant, Clément Milian, mai 2019
Glory Hole, Frédéric Jaccaud, mai 2019
L'Icône, Thierry Marignac, septembre 2019
Personne inconnue, Susie Steiner, septembre 2019
La Meute, Thomas Bronnec, octobre 2019
Le Second Disciple, Kenan Görgün, novembre 2019
City of Windows, Robert Pobi, janvier 2020
C'est pour ton bien, Patrick Delperdange, février 2020
Donbass, Benoît Vitkine, février 2020
Joueuse, Benoît Philippon, mars 2020
Marseille 73, Dominique Manotti, juin 2020
The Cry, Helen Fitzgerald, juin 2020
L'Un des tiens, Thomas Sands, octobre 2020
Tu me manqueras demain, Heine Bakkeid, octobre 2020
Lëd, Caryl Férey, janvier 2021
Tous complices !, Benoit Marchisio, février 2021
Un dernier ballon pour la route, Benjamin Dierstein, mars 2021
Serial Bomber, Robert Pobi, avril 2021
L'Heure du loup, Pierric Guittaut, avril 2021
Rendez-vous au paradis, Heine Bakkeid, mai 2021
Pandémonium, Sylvain Kermici, août 2021
Green Man, David Klass, septembre 2021
Garde le silence, Susie Steiner, octobre 2021
Milliame Vendetta, Bernard Muñoz, octobre 2021

La Cour des mirages, Benjamin Dierstein,
janvier 2022 (coéd. Nouveau Monde éditions)
Jolies Choses, Janelle Brown, janvier 2022
Les Loups, Benoît Vitkine, février 2022
La Fille du ninja, Tori Eldridge, février 2022
Le chat qui ne pouvait pas tourner, Anne Dhoquois, mars 2022
Mycélium, Fabrice Jambois, avril 2022
Petiote, Benoît Philippon, mai 2022
Plein Sud, Benoit Marchisio, mai 2022

L'exemplaire que vous tenez entre les mains
a été rendu possible grâce au travail de toute une équipe.

Édition : Aurélien Masson
Couverture et conception graphique : Éric Pillault
Logo EquinoX : Killoffer
Révision : Nathalie Capiez, Emmanuel Dazin, Isabelle Paccalet
et Alice Posière
Mise en page : Soft Office
Photogravure : Point 11
Fabrication : Lucie Le Bon
Commercial et marketing : Pierre Bottura
Coordination : Jean-Baptiste Noailhat
Relations libraires et réseaux sociaux : Laura Darmon
et Damien Nassar
Presse et communication : Hind Boutaljante
avec Axelle Vergeade
Les Arènes du savoir : Pierre Bottura avec Marc Blactot,
Laura Darmon, Adèle Hybre, Guillaume Lollier
et Clémentine Malgras

Rue Jacob diffusion : Élise Lacaze (direction), Katia Berry
(grand Sud-Est), François-Marie Bironneau (Nord et Est),
Charlotte Jeunesse (Paris et région parisienne),
Christelle Guilleminot (grand Sud-Ouest), Laure Sagot
(grand Ouest), Diane Maretheu (coordination),
Charlotte Knibiehly (ventes directes)
et Camille Saunier (librairies spécialisées)

Distribution : Interforum

Droits France et juridique : Bertille Comar,
Geoffroy Fauchier-Magnan et Anne-Laure Stérin
Droits étrangers : Sophie Langlais
Accueil et librairie : Laurence Zarra et Lucie Martino
Envois aux journalistes et libraires : Vidal Ruiz Martinez
Comptabilité et droits d'auteur : Christelle Lemonnier,
Camille Breynaert et Christine Blaise
Services généraux : Isadora Monteiro Dos Reis

Les Arènes,
17-19, rue Visconti, 75006 Paris
Tél. : 01 42 17 47 80
arenes@arenes.fr
www.arenes.fr

IMPRIM'VERT®

PEFC™
10-31-2541

Certifié PEFC

Ce produit est issu de forêts gérées durablement et de sources contrôlées

www.pefc-france.org

L'ensemble de cet ouvrage a été réalisé dans le respect des règles environnementales en vigueur. Il a été imprimé par un imprimeur certifié Imprim'vert, sur du Lac 2000 PEFC pour l'intérieur et une carte Metsäboard PEFC pour la couverture.

Achevé d'imprimer sur les presses de l'imprimerie Normandie Roto s.a.s.
à Lonrai (Orne) en avril 2022.

ISSN : 2609-7966
ISBN : 979-10-375-0595-8
Numéro d'impression : 2201736
Dépôt légal : Juin 2022